TopBook
一个人，遇见一本书　饕书客

Top Book
簪书客

春天七日

德富芦花的散文

春七日

德富芦花 著
杨晓钟 钟倩译

陕西出版传媒集团
陕西人民出版社

图书在版编目(CIP)数据

春天七日/(日)德富芦花著；杨晓钟，钟倩译.
—西安：陕西人民出版社，2014

ISBN 978-7-224-11101-9

Ⅰ.①春… Ⅱ.①德… ②杨… ③钟… Ⅲ.①散文集
-日本-现代 Ⅵ.①I313.65

中国版本图书馆CIP数据核字（2014）第070533号

出 品 人：惠西平
总 策 划：宋亚萍
特约编辑：鲁小山
策划编辑：王 倩 王 凌
责任编辑：关 宁 韩 琳
整体设计：哲 峰

春天七日

作 者 〔日〕德富芦花
译 者 杨晓钟 钟 倩
出版发行 陕西出版传媒集团 陕西人民出版社
(西安北大街147号 邮编：710003)
印 刷 西安市建明工贸有限责任公司
开 本 787mm×1092mm 32开 6.25印张 1插页
字 数 180千字
版 次 2015年3月第1版 2020年10月第3次印刷
书 号 ISBN 978—7—224—11101—9
定 价 23.80元

关于德富芦花

——写在《春天七日》前

杨晓钟

德富芦花（1868—1927）是中国读者熟悉的日本近代著名社会派小说家、散文家。本名德富健次郎，出身于熊本县的名门贵族家庭。芦花小学毕业后，进入熊本洋学堂。1878年在哥哥德富苏峰的引领下进入京都同志社学习，阅读了大量的文学书籍，渐渐走上了文学之路。芦花的母亲是一位虔诚的基督教信徒，在其教育和熏陶下，芦花于1885年皈依基督教。

1889年5月，芦花来到东京，加入了哥哥苏峰主办的“民友社”，同时提笔进行创作尝试，写下了一些名人传记和短篇小说之类的作品，如《威廉·艾沃特·格莱斯顿传》、《近代欧美历史之片影》、《百合花》、《雨水时节的红叶》等。1898年3月，芦花发表了第一部文学作品集《青山白云》，从而正式开始了他的文学生涯。

1898年，芦花发表了小说《不如归》，一举成名。1903年震动日本文坛的长篇小说《黑潮》问世。这部针砭时弊、宣扬人道主义思想和批判封建道德的作品在当时引起了较大的反响，在日本文学史上也占有重要地位。而散文集《自然与人生》起始于1898年，断断续续刊载于《国民新闻》上，于1900年由东京民友社结集出版，才正式定为《自然与人生》。

1907年芦花去耶路撒冷朝圣，回国时专程拜见了托尔斯泰。归国后一度和文坛断绝关系，在东京郊外开始了“自耕自食”的农民生活。对于当时的生活，作者这样记载：“几千年来，世界扰扰攘攘，而农民群众一面‘日出而作，日入而息，凿井而饮，耕田而食。’……到了世界末日，农民的锄头还是闪闪发光，大地的生命是永生不死的。”

与此同时，芦花的创作风格也发生了变化，他开始摈弃文学的虚构成分，转向注重写实。《寄生树》、《黑眼睛和灰眼睛》及自传体小说《富士》都采取了新的创作形式，且赤裸裸地告白了自己的思想与家庭生活的秘密。

1927年9月18日，芦花在千叶逝世，享年60岁。

芦花的作品在近代日本独树一帜，除了长篇小说的成就外，他的散文描写自然与人生，在日本文坛产生过深远的影响，被誉为“对国民施行美感教育的良好教材”。在芦花笔下，人类赖以生息的自然界，始终生机勃勃、充满活力。绚烂多彩的富士黎明，广袤无垠的相模落霞，奇诡多变的香山飞云，飘渺迷茫的花月秋夕等自然景象，一经作者妙笔点染，无不意趣盎然，令人神往。

《春天七日》这本书主要择取了芦花《蚯蚓的戏言》与《自然与人生》中的名作，代表了作家散文创作的最高水准。这些散文技巧精湛，富有色彩感，寄托了作者个人的真挚情感，于细微处体现了作者的独特感受。其中有对作者所偏爱的风花雪月以及地理风貌等的描写，同时由景及人，也体现了作者对于个体人生、社会现实的深切感慨以及自己的理想。希望读者阅读这些作品，能在体会日本文学传统的“物哀”情感的同时，获得持续的美与感动。

目录

春天七日

(一)女儿节

三月三日。

今天是女儿节，因为没有买偶人，于是妻子便自己动手，和鹤子一起用各种颜色的彩纸折了起来。她们折的有纸偶人，有各种彩色的纸鹤、香盒，有三角的、有四面的，最后都一一地摆放在了偶人台上。

艾叶点心也做好了。

艾叶还是昨天鹤子和阿夏一起去田里采来的。东京的艾叶点心涂有颜料，颜色十分好看，但却缺少了些最关键的艾草本身的香味。

今早霜气很重，但到了中午前后又十分暖和。梅花已经开放，雪柳也吐出了绿芽。此时正是山茱萸盛开的季节，一朵朵黄色的花朵摇曳多姿。结出红色花苞的瑞香也张开了白色的口子。春兰、水仙都含苞待放。云雀叽叽喳喳叫个不停，麦田里雾霭袅袅升腾而起。

哑巴巳代吉骑着一匹骒马而来。一帮女孩子叽叽嘎嘎地吵闹着从麦田对面走过。成群结队的年轻人都跑去参拜大师菩萨。

到了春天，猫啊狗的都进入发情期，鸡也跑出来趴窝。麻雀出双入对地在别人家屋顶随意地筑巢搭窝；树木开始发芽、开花。狗肚子鼓鼓的，仿佛快要胀破的气球。

夜里点亮松芽般大小的蜡烛，偶人台瞬间变得十分漂亮。

(二)春雨

三月六日。

下了一整天的雨，恰似山阳①笔下的“春雨寂寥”的日子。

从书斋的窗户望去，灰蒙蒙的小雨仿佛从喷雾器里喷出似的，一团团地自北边随风飘来，斜斜地掠过中原的杉树林。

仔细地端详着这雨，我不经意间想起了英国诗人瓦特森的一句诗——“God comes down in the rain（神乘雨从天而降）”。这是《乡间的信心》中的一句。整首诗已经忘记了，只记得上句是“这个乡村对神至诚的信奉至今尚存”。还有结句为“这就是乡村的信心，是什么都无法超越的”。

在乡村，如果人们失去了对上天的信仰，也就意味着这个乡村的毁灭。然而令人遗憾的是，这种信念却日渐消亡，人智人巧、唯我独尊、唯利是图的风潮正在腐蚀着人性。但凡对乡村实际情

①山阳：江户末期有名的历史学家、汉文学家，著有《日本政记》、《日本外史》等。

况略知一二的人，相信都会为它的前途而担忧。

（三）雨后

三月七日。

近来常常下雨。不下雨便是阴天。正所谓适宜养花的天气。

今天倒是出了太阳，早上起来到现在都十分暖和。能听到母鸡咯咯哒咯咯哒惬意的叫声。昨天下了一昼夜的雨，田地里黑土湿润，麦子也越发绿油油的了。这青绿的麦苗在柔和的阳光下微笑，让人不禁心生欢喜。无论是拂面而来暖暖的微风，抑或是空中飘过晚霞那青黑的暗影，都让人感到无与伦比的美。

邻居已经种上了马铃薯。

午后，我信步走向高井户一带。一辆运货的马车满载着米袋迎面而来。擦肩而过时，我瞟见米袋上插着一枝白色的梅花，让人不禁感叹车夫的风雅。只见一只白蝴蝶，还有一只黑色略带青纹的蝴蝶，一直追逐着那白色的梅花翩翩起舞。车夫惬意地扯开嗓子唱道：

“喝呀！闹呀！三十岁再戒酒吧。过了三十没人瞧喽。吁——吁——”

看早晨的样子，以为今天会是个大晴天，谁知又是个阴晴不定的日子。时不时哗啦啦下一阵，之后东边出彩虹，西边出太阳，照得远处的屋顶闪闪发光。一阵北风吹来，田间小河边的山竹林沙沙作响，还有那跳动的阳光光芒耀眼。天空一角被涂成了深蓝色，而村庄和绿油油的麦子则一明一暗交相辉映，宛如一幅米勒②绘制的《春》图。

（四）挖野菜

三月八日。

耳畔只听得云雀叽叽喳喳叫个不停。

午饭前，我们夫妻二人带着鹤子，牵着狗去田里挖野菜。田埂上的水杨刚刚脱掉包裹在外面的绒毛，开出了黄色的花朵。路边的野木瓜也胀出红色的花苞。这附近花不多且不说，就连天然食品也贫乏至极，挖了半天收获却少得可怜，只有一点儿水芹、鸡儿肠，些许的蒲公英、山蒜，还有三四棵款冬。

午后闲来坐在廊下看书，突然听到空中传来嗡嗡的响声。站在廊上抬头仰望，只见空中飘着夏天才常有的白铜色卷云，一只红色的章鱼大风筝悠然地在天空中自由翱翔，后拖着两条长长的尾巴在空中飘来荡去，风筝的“嗡嗡”声在整个武藏野上空回响。

春天来了。

晚饭我们吃了今天采来的野菜。酸甜的酱拌山蒜味道尚可，凉拌鸡儿肠就稍稍有些苦了。

---

①米勒：让·弗朗索瓦·米勒，法国近代绘画史上最受人民喜爱的画家。

（五）春分第一天

三月十八日是进入春分的第一天。

风还略带寒意。不知为何总觉得云雀的歌声中也透着轻狂。富士山也一片云雾朦胧，透着铅灰色。

满院里弥漫着瑞香的清香，梅花也长出了红色的花萼，红蕾含苞待放。狗妈妈带着孩子在草坪上欢蹦乱跳，小猫也在四处奔跑。

春天来了。

因为是春分，今天有米粉团吃。

扫墓的人也多了起来。

傍晚，我信步前去静寂的墓地，只见墓前的竹筒和地上插满了瑞香、红山茶的花枝。空气中还弥漫着线香的余烟。倏然发现地藏菩萨身上披着一件红色的衣服，那应该是上个月痛失幼女的阿松给穿上的吧。

（六）蛇出洞

三月二十八日。

近来天气大好，吃过早饭我便去高井户买石头。武藏野一带没什么像样的石头，像砾石、卵石之类的一般出自玉川附近，而用来压咸菜的镇石之类的则来自上游的青梅一带。当下石头的时价是一贯约一钱五厘。选好石头便让卖主上秤称重，恰巧有一个工人路过，只听他感叹道：“上秤称石头，可真稀奇啊！”

6

午后，我沿着田间小路往浮桥方向而行，刚出门就在墓地里看到了蛇。小河土地庙下面，有几个孩子在垂钓。待我走出一段距离回头望去，我们家就如同香炉般大小，朦朦胧胧的。

夕阳中的富士山，就像《理想》那幅画中所描绘的那样幽远美丽。

（七）仲春

四月十七日。

一打开门我便大吃一惊，四周到处缭绕着铅灰色的晨雾，如同置身雾海。村寨里树林的枝梢仿佛幽灵般悬浮在空中。我正要抱怨说天又要下雨的时候，却见太阳影影绰绰地从暮霭中钻了出来，眼看着光线越来越强，终于吞没了层层暮霭，光芒四射。

院子里樱花盛开。落叶松看起来就像是十五六岁的少年，而海棠则宛如十四五岁的少女般模样。还有那紫色的杜鹃、雪柳，红白相间的山茶花，单瓣棠棣都争相怒放。清玄樱、亚西都红艳似火，还有那红褐色的春枫更是美轮美奂。你再看那枫树、槭树、橡树、光叶榉树，还有桫椤等都纷纷发出嫩芽，一片春色。

我信步田间，只见一只白蝴蝶在一簇簇黄灿灿的油菜花上翩然起舞；向南望去，中原、廻泽一带桃红李白；再向北看去，仁左卫门家的大榉树拂过天空，周围笼罩着褐色的烟雾。

临近中午时，大部分都已经变绿的草地上印着新枫的浓密树荫。狗妈妈带着孩子躺在树荫下睡觉，黑黝黝的身上飘落着两三片樱花的花瓣。一阵风吹来，树影婆娑，蛙声阵阵。狗妈妈突然动了动耳朵，继而又沉沉地睡去。

傍晚时分，一轮圆圆的红日悠悠地落下西山。云彩仿佛刷子般一点点向太阳正中扫去，一幅图画跃然眼前。已经抽穗的麦子在晚风中微微摇动。

晚上则是月色皎洁，蛙声一片。

恨则枯

打开窗户，一片白露。草地上结满了蜘蛛网，像是铺上了一层绵纸。垂下的枝干上的蜘蛛丝上挂着一颗颗小小的露珠，宛如串起的璎珞。绿篱上的金银花不知何时已经盛开，散发出阵阵芬芳。

一切都显得如此生机勃勃。这勃然的生机似乎也感染了周围的一切。你听那水田里青蛙声嘶力竭地叫着："快生吧！快长吧！"麻雀、燕子从昨天到今天一直叽叽喳喳叫个不停，还衔来各种杂物，忙前忙后地准备在书斋的防雨窗套上筑巢做窝，为生儿育女做好准备。苍蝇、蚊子嗡嗡地飞来飞去，煞是惹人心烦。蔷薇、豌豆上开始有不计其数的虫子蠕动。地上长满了绿油油的草。大自然的生机不断向四周扩展开来，以至于世间万物的栖身之地都缩小了。

前些日子隔壁阿金给了些南瓜苗，还特意跑来看看长势如何，顺便聊了几句。阿金家原本有一棵葡萄树，长势很好。有一年他们家阿新爬到葡萄架上摘葡萄，结果不小心摔下来受了重伤。打那以后，家里人就十分痛恨这棵葡萄树。于是没过多久，葡萄树便枯死了。所谓恨则枯，听起来多么奇妙的事情。据《新约》中记载，耶稣曾路过一棵不结果的无花果树，便诅咒它。待他傍晚返回时竟发现那棵树已经枯萎。不过只有像耶稣这样心力强大的人才做得到吧。

晚上，月亮升了起来，仿佛大红灯笼般挂在天空。本以为会下雨，竟然是个水一般朦胧的夜晚。近来一直都是月圆之夜，甚好。整夜蛙鸣，还能听到苇莺的啼叫。沉浸在这美好的月色中，让人感觉仿佛身居静海深水处般宁静、平和。

10

红叶

几年前，母亲就一直惦记着去看看嫁到京都的小女儿。恰好寄生木的阿新、阿丝姊妹俩也从南方过来，于是，连同我们全家一行六人便去了京都。时值明治四十三年十一月中旬，这个季节采松茸有些晚，赏红叶又还不到时候。

到达京都后的第三天，我们一行乘车离开了位于上京的姐姐家，从高尾一直到槙尾、栂尾，沿路欣赏岚山的秋色。穿过堀川西阵，顺着平坦的白土大道向西而行。丹波吹来的风冷飕飕的。前面是爱宕山，青黛色的山头远远望去仿佛戴着一顶唐人的头冠，帝王般地俯视着这一切。我们在御室下了车，低矮的樱花树早已掉光了叶子，光秃秃的。远处偏黄的朱漆山门和已经红了八成的枫叶相映成趣。我十分喜欢这里。对面不远处便是兼好笔下描写过的山岗，我四处找寻，想看看到底有没有爱玩的法师们带着一群徒弟把便当埋在落叶里。然而四下里却杳无人迹，只闻听小鸟在叽叽喳喳地鸣叫。

我们乘车来到了梅田。只见不管是拉着柴车的妇女，还是在稻田里翻地的姑娘，虽然身着的是棉布衣服，但人人衣着整洁，戴着手套，脚穿布袜，头发也梳理得整整齐齐，让人觉得劳动也是如此之美。我所居住的武藏野那里的女人们，处在这种风吹日晒，脚泡在水田里，还时不时有沙尘飞入耳朵和鼻子的恶劣环境中，是无论如何也不会如此美丽的。八年前，我曾一人独自从岚山步行至高尾。当时遭遇阵雨，于是赶忙躲进梅田的一户人家，借了蓑衣。当时可没有姑娘给我献棠棣花，一个老婆婆拿给我蓑衣并说道："可别把衣服糟蹋了。"于是我脱下外褂来反着套上，又把蓑衣披在上面，斜戴着帽子便匆匆赶往高尾了。只见一群青年肩挑瓢盆，和艺伎同打一把油纸伞迎面走来，看到我便嘲笑道："哟，你瞧瞧，这上演的是勘平打野猪那段吧？"

我们一行终于来到了高尾。下车后，车夫背着我母亲，我们一起过了白云桥，登上神护寺内观赏。这儿的枫叶已经红了五六分。我们走进路旁的一个小茶棚，姐姐兴致勃勃地打开她精心做的便当。我们还在这里玩了京都独有的扔飞盘的游戏。只见一脱手，盘子便上下翻飞着朝悬崖下飞去，看似又要飞回手边了，却又落在悬崖边，怎么也落不到谷底。山峦被装点得五颜六色，清泷川静静地流过山谷。河的下游被堵住，形成了一个深绿色的水潭，水面上漂浮着点点黄色的落叶。

"干吗要把水堵住呢？"我不解地问道。

"说是用水力发电，先生。"年轻的老板娘端来茶水说道。

我不禁啧啧而叹。

我们离开高尾，就一直沿着清泷川而上，经过槙尾，前往栂尾。

12

相比高尾，梅尾可雅致得多。此处虽位于高尾的上游，但枫叶却红了许多。从寺旁的茶馆望去，在对面山上那几棵墨绿色杉树的映衬下，枫叶显得格外耀眼、美丽。我十二岁那年的夏天，有位前辈来梅尾的寺庙里避暑，我同几位同窗好友也来这里玩了两三天。那时，我们每天都去寺院下面的河里游泳，一天三顿饭吃的都是南瓜。一天，我们去村里买来西瓜，放在河水里冰镇之后享用。那次之后，又过了八年，那是一个秋天，我以脚气病为借口逃学，跑到爱宕山脚清泷川下游的一个村子住了一个月，在那里玩得十分痛快，还借机阅读了雨果的《悲惨世界》。清泷川于我来说有太多的回忆。于是我下到河里捡来一些红色的、白色的石头作为纪念。

离开梅尾，我们又经过广泽池去了岚山。广泽池的水几近干涸，只见鲫鱼、泥鳅在淤泥中扑腾扑腾乱跳。

与高尾相比，岚山的枫叶还不到时候。岚山和桂川还是一如既往地风景优美，河岸边的房舍屋顶是用胡枝子修葺而成，别有一番情趣。然而新增的一些电话亭，再加上电车、火车来来往往，着实大煞风景。“三船才子”就不消说了，小督、祇王、祇女和佛姬也都不复存在，甚至连半长和右卫门也不知了去向。

回来的路上正好经过太秦，与谢芜村笔下“日暮归来春之月”的那个充满诗趣的太秦已经难觅踪迹。为此，我闷坐在车中，满腹的不平却无从发泄，只能默不作声。

虽说我自己也是日本国民的一员，可我总是在想，我们的国民为什么要如此扞格不通？他们是一群易于被感化的理想行动派。他们是个矛盾体，当你认为他们很风雅的时候，他们却表现得过于功利。他们鼓足干劲要削平东叡山，填掉不忍池。后来虽听从西洋人的忠告放弃了，但他们在京都一带到处实施着这种功利思想。他们挖通千金难买的东山，引入琵琶湖之水。致使鸭东一带蒙受烟尘、噪音、臭气的污染；让狭窄的街道到处都奔跑着杀人电车；让岚山变得大煞风景，还在高尾山中大搞水力发电……他们打着“努力、实利、富国”等诸如此类的旗号肆意妄为，简直是一些活脱脱的物质偏执狂。对此不知那些聪明的西洋人又是如何看待的呢？

京都、奈良、伊势、须磨，还有明石的舞子海滨，这些地方都应该算是永久的大美日本博物馆，不应该出现任何烟囱。然而，日本所拥有的天然美景却不断地遭到破坏，众多的历史遗迹被毁于一旦，最终我们究竟得到了些什么呢？无非是一些煞风景的环境和人，还有一些荒谬无聊的灰烬而已。

日本仿佛是个没有主人、任由佣人为所欲为的家庭。要是有一个能为国家社稷的未来着想的领导，就不会出现如此荒诞的行为。正是因为我爱这个日本，我才不希望她最终变成一个粗俗无趣的国家。正是因为我深爱京畿这个地方，每每看到文明遭到践踏蹂躏时，我便心痛不已。

花月夜

十六日夜，窗前一片月光，抬头望去，一轮圆月已挂上樱花树的枝头。夜空碧霞浅淡，云彩朵朵，近月处银光闪闪，稍远处则宛如轻柔的棉花。

春星眨着眼睛，点缀在夜空。微茫月色映照着樱花，枝繁叶茂处如深宫紧锁，难觅月影，唯独有一枝孤傲朝天，在月光下闪闪发亮，那番风情难以言表。薄光淡影下，庭院中落花点点，行走其间，宛如漫步于天庭。

举目望去，海边一片茫茫沙洲。耳边不时还有那不知何处传来的歌声。

继而是一场不期而至的骤雨，随之又戛然而止。

夜空苍茫，一轮明月高挂枝梢，周围云彩萦绕；空气中弥漫着樱花的淡香，蛙鸣声声，愈显得周围静寂一片。

积雨云

无论是旱地、水田、树林、花园，还是昆虫、家畜，牛、马、猫、狗，总之一切生物都和人一样，在盼望着雨水的降临。

“要是再不下雨，路上的灰尘就厚得都没法走路了。”

每天从甲州街道过来做活的婆子说道。

家里的女佣也发牢骚说：“下场雨，也好过个圆满的盂兰盆节啊！”

这几天十分闷热，有时东边还起了云，偶尔还会传来三两声雷鸣。

“雷阵雨要来了。”如此这样期盼着，又过去了好几天。

今天正在吃晚饭，忽然北面吹来一阵冷飕飕的风。抬眼一看，果然北边的天空上有一团浓黑的乌云，在它的映衬下，邻居家枝叶繁密的杉树林、孟宗竹林显得青翠欲滴。

我大喊着：“雷阵雨要来了！”便赶忙跑去收拾院中晾晒的东西和鞋袜等。女佣则跑到后院把衣服收了进来。

不大一会儿，当妻儿离开饭桌从楼上下来的时候，刚才隐藏在北面天空里的那一团浓黑的乌云，瞬间汹涌而上，眼看着便如大军排列般向东、西两边扩展而去，覆盖了整个天空。

我们一家三口站在草坪上，惊奇地目睹着天空上这突如其来的风云变幻。

我心想，难怪《启示录》中会有那句“天空如画卷般而去”的描写。蓝蓝的天空南边一角似乎被卷了起来，煤烟般黑乎乎的团团乌云不断地向南群涌而来。刚才还在祈求下雨的那喘息着的干涸盛夏，转瞬间便难觅其踪了。仅仅十多分钟，整个大地便笼罩在团团乌云里，俨然阴冷灰暗的阴曹地府。

天空中的云彩更加变幻莫测。有向南移动的云，有呈旋涡状涌动的云，还有停在那里一动不动的乌云。有的云中生云，有的云则擦过旁边的云不断移动。颜色也是忽明忽暗，或自北向东，自东而西，或从北往西，自西向南，或自南而东逆流而上……大片大片的乌云仿佛世界上所有烟囱都聚集于此，冒出源源不断的滚滚黑烟。而奇怪的是，这一切都那么不露声色地、静静地进行着。

我们惊诧地瞪大眼睛，像着了魔似的伫立在这变化多端的云层之下。飕飕冷风吹过，随后便是阵阵雷鸣。只见北边红色、紫色的闪电噼噼啪啪地划过天际，顿时照亮了半边天空。我虽然感觉到雷雨将至，却还是无法将视线从头顶的云朵移开。呈煤灰色的漫天乌云一个劲儿向南涌动，像水像雾又像烟。整个天空都在动，就如同千军万马，势不可挡。我们仰头而立，仿佛被那涌动的云朵所吸引，想要拔腿而逃，却又难以迈步。西边的天空，时不时会有一道银白色的太阳光，如同探照灯一般透过薄云斜斜地射过来，就像照到深深的井底，会突然照射到我们脚下的草坪。

我们面面相觑，都是一副惊恐不安的样子。说时迟那时快，天空转瞬间已是漆黑一片，妻儿不禁面露土色。树木花草似乎也都屏住了呼吸，整个世界陷入了一片沉寂。我家的狗妈妈不知从哪里跑来，一边惶恐不安地望着天空，一边把它那肥硕的身子在我腿上蹭来蹭去。

忽然，一阵北风夹杂着明显的水汽迎面而来，随后便噼里啪啦地落下雨点。雷声也一步步逼近头顶。我们一群人急忙跑进屋里，关上所有窗户，只留堂屋南面的雨窗。由于屋里昏暗，于是便点起了灯。

屋外电光闪闪，雷声隆隆，雨声大作。雨势猛烈，白茫茫的雨雾就像断了线的珠子哗哗哗地越下越大。

眼看着院中的雨水便汇成了一条河。雨点击打着踏脚石四溅开来。绿树的每一片叶子都抖动着身姿，尽情地沐浴着这场突如其来的大雨。

我不禁感叹："真是一场好雨啊！"

耳边听到女佣嚷着说："现在还不到七点呢！"

雨越下越大，竟下了整整一夜。

嫩草山的黄昏

因为纪念奈良建都一千一百年，奈良全城张灯结彩，各种表演应有尽有，到处人头攒动，一片热闹景象。我打算投宿在以前曾经住过的猿泽池的三景楼，然而到了那里我才发现已是物是人非，不仅换了老板，连店名也改得颇为奇怪，叫作“新猫馆”。一时间心生厌恶，但想了想还是在那里下了车。

入住后，我喝了一碗茶后便出去观光了。

街道上行人众多，有京都附近的客人、远来自东京的游客，有艺伎、学生团队，还有西洋人等。无论是历史还是怀古之情，抑或是诗、歌，一时间都被这个活生生生的现代社会狠狠地踩在了脚下。就连路上的小鹿也露出一副惊慌失措的神色。穿过熙熙攘攘的人群，我先去了参拜了春日祠。为了回到乡间能多一些炫耀的谈资，我先去若宫看了那里的神乐表演。之后，穿过弯曲的回廊，只见一棵树长在另一棵树上，旁边立了一个牌子，上面写着“寄生树”。“这就是良平哦。”只听一个大阪口音的姑娘说道。阿新和阿系闻听相视莞然一笑。为了留个纪念，阿新悄悄地从其中的一棵山茶树上摘了些树叶。

到达嫩草山山脚的茶馆时，秋日的夕阳已经要落山了。只见五六个穿着草鞋的女孩子出溜溜地从山上滑行而下。

“怎么样，要不要上去看看？”

“好啊，去吧。”

由于阿新腿脚不好，便和鹤子一同留在茶馆。我就穿着自己的鞋子，等两个女人换好租来的草鞋后便向山顶出发了。

仅仅听嫩草山这名字就感觉十分优雅，亲眼目睹其风采，果然是风景优美，让人流连忘返。记得在八年前的十一月初，我来到奈良的时候也是一个黄昏。我登上三景楼的二楼远远望去，笼罩着深蓝色雾霭的春日山旁边便是嫩草山，只见它被包裹在貂皮般暖暖的柔和景致中，那情景使我不禁心潮澎湃。那天恰逢十五，圆圆的月亮也正好升起在山头。只可惜因当时行程仓促，未能登山一游。想来今天算是了却了当年的一桩心愿。

霜打的低矮的芝草、黄背草等枯草丛中依稀可见几条游人踩出的路，从山脚一直延伸至山顶。我们选择了其中一条开始往上爬。这座山乍一看不怎么高，实则不低，且道路陡峭，脚底下直打滑。大约花了十五分钟我们才汗流浃背地爬到了山顶。四下看去，山顶处稍显平坦，在山脚下看不到的顶峰，原来是重叠着横在山后。山顶上一个行人也没有，唯一的一间茶馆也已经打烊了。

我擦了擦额头上的汗，放眼望去，大和国的风景尽收眼底。

时间已是黄昏。太阳已经隐入河内金刚山的背后，一抹暗红色的残照染红了西南的天空。从西到东，依次有生驹、信贵、金刚山、南吉野、多武峰和初濑的群山，就如同巨大的屏风似的将大和平原团团围住。暮霭之中，紫色的村庄、黄色的田野、欢快的河流，还有神武陵、法隆寺等有着一两千年历史的古迹，都在夜幕即将降临之时，向落日惜惜告别。

我们朝着山脚方向大喊了一声，只见一个人影起身离开长凳，开始往山上爬来。那是背着鹤子的车夫，快爬到山顶时，鹤子便从车夫身上下来。

我们又仔细看了看，仍然看不清留在山脚的阿新的身影。

这时，我突然听到后面草丛里沙沙作响，只见在黄昏天空的映照下倏地站起来两只巨大的黑影，仔细一看原来是两头鹿。

脚下的奈良城已是满城灯火，耳边传来群蜂般吵吵嚷嚷的人声和各种声响。

“咚！咚！咚！”

山脚下响起了钟声。乌鸦们就如同被钟声催促着，“哇哇”地鸣叫着，从黄昏的山中飞向了原野。

我们意犹未尽地看了一眼这眼前的平原。太阳早已落山，一切都包围在苍郁的雾霭中。

大和国的夜幕降临了。

千岁村

一

明治三十九年十一月中旬，夫妻二人为了寻觅住处，从东京出发去了玉川。

就在那年的春天，他只身一人巡访了一千八百多年前已故的耶稣旧址以及在世的托尔斯泰的居所，于同年八月份回国。虽也不知道回来要做些什么，就想着姑且栖居乡间，因而飘然而归。他与一位前辈牧师说了这件事，前辈告诉他玉川附近有一处教堂的传教所，建议他去那里看看。他当即表示，自己无意去做传教士，只是想要一份安稳的生活。不过他也确实对玉川这个地方有所心动，于是表示先去看看再说。“既然如此，改天我帮你找个向导吧。”牧师说道。

可到了约定的那一天，既没见到向导的影子，牧师那里也是杳无音信。无奈之下，他决定和妻子二人动身前往玉川去寻找那理想之地。牧师之前只是模糊地告诉他们传教所就在玉川附近的千岁村。于是他们便认定只要走到玉川附近，应该就能知道千岁村的具体位置。就这样他们夫妻二人便朝着玉川信步而行。

二

长久以来，他一直想有个家，几间茅草屋，一片可以自由支配的土地，哪怕是一反也好。

然而现实情况是，为了预防火灾，东京地区严禁修建茅草屋，这么一来，想要寻觅茅草房就只能去乡村了。近五年来，他在原宿以及现在青山高树町租住的房子，在东京来说都近似农舍，还有种点花草的地方。可毕竟租别人的房子还是有诸多不便。至于田产，他父亲曾在九州的老家倒是给他留了几分，可后来都被他先后变卖了，换来的钱不久也日渐消耗殆尽。到日俄战争前夕，他手上连一撮土都没剩下。打那之后他就想着重新拥有一间茅草房或一反之地。

从两岁到十八岁，除去其中两年之外，他都一直生活在家乡的茅草屋里。明治初年从临近萨摩边境的肥后南边的渔村，搬家到熊本郊外时，父亲买了座茅草屋顶的旧房子。虽说之后又在旁边新增盖了一间瓦房，但堂屋仍旧是茅草屋。他对于过去生活的怀念就犹如那渗入茅草的春雨一般，是渗透于血液中的。他们家祖上继承了加藤家武士的血统，代代都是村长，跟农户也缘分不浅。他十四五岁的时候，就跟着仆人一起去催缴租米。经常被佃农强留在家吃饭，有时还被灌酒。他父亲辞去官职之后，在担任省里的议会议员和乡村医生的同时，还致力于产业的发展振兴。父亲把自己的女儿培养成了缫丝厂的模范女工，在自己家里也养蚕缫丝，还销售桑苗。然而都是些亏本的生意。到了配送桑苗的繁忙季节，由于缺少人手，连他哥哥都不得不放下正在阅读的麦考莱的英国史，笨拙地拿起短铁锹帮忙干活。作为弟弟，他也得干一些手持镰刀割苗或者帮忙运苗之类的活。不过他原本就积极性不高，加之比较任性，所以常常动不动就发脾气撂挑子不干了。

他父亲是津田仙先生主编的《农业三事》及《农业杂志》的忠实读者，进京的时候总要从学农社买回来些尤加利、洋槐、紫葳楸以及神树等的苗子，还有一些西瓜、甘蔗等，将之作为样本进行试种。他父亲好奇心很强，而且什么事情都必须身体力行，自己亲自试试。有一次，不知在哪本杂志上看到说在果树枝干上拉个口子， 可以防止果树疯长且能多结果实。于是，父亲便拿着把小刀在院里的梨树上无一例外地划了口子，结果搞得乱七八糟。

而他既不像父亲，也不似哥哥，是一个不喜上学也不爱干活的十足的懒汉。在父亲精心购置的田产中胡作非为，四处破坏；错把洋扫帚苗当作甘蔗塞进嘴里吃得直吐；偷着摘下还没熟的西瓜用拳头砸开，一看没熟就随手扔进河里，还一副若无其事的样子；总之，打小他就总是惹是生非。十六七岁的时候，由于学业不努力，他被没收了所有书籍。之后父亲命他去学习养蚕，被送去附近的养蚕户当了学徒。这家有一个年届十四岁的女儿，因此一开始他还学得十分认真，可不到一年就又厌倦了，后来也便不了了之。不过在这家养蚕户学习时，有一次剁桑叶不小心一下砍到左手掌的拇指根，至今还留有一个深深的月牙状的疤痕。

这也算是作为尝试养蚕留下的一个纪念吧。

就是这些回忆才让他久久无法忘怀那些曾经有趣的田园生活。

三

他们夫妇二人走出位于青山高树町的住处，沿着正在施工的玉川电铁线路一路走到了三轩茶馆。那里刚好有家面店，于是便进去吃了碗面作为午饭。饭后，他们从松阴神社沿着熟悉的世田谷大街一直向前，便来到了世田谷旅馆的旁边。经向警察打听了路，便从地藏尊的路标处向北拐上了里道一直走了很远，估摸着应该快到了，于是逢人就问："这里是千岁村吗？"可走了好远还是没到。妻子穿的鞋子因为挤脚，走起路来十分艰辛。于是他们找到一户农家想要一双草鞋，却被告知说没有。好不容易走到一条小河边，沿河而行，只见一间装着玻璃拉门的雅致的小茅草屋映入眼帘，还有开得火红的满天星。这里就是千岁村了，而这间雅致的茅草屋，就是村公所文书的家。他兴奋异常，心想自己要找的就是这个样子的房子。

夫妻二人走近一户人家打听附近有没有教堂或者耶稣教徒。只见正在洗衣服的妇人和邻居妇人诧异地相互对视了一下，反问道："是粕谷吗？""那请问粕谷先生家在哪里啊？"话刚出口，只见那妇人扑哧一声笑了出来："我说的粕谷不是人名，而是地名。"妇人告诉他们，在粕谷有个叫石山的人就是耶稣教徒。

他们一边走一边打听，终于来到了教堂。这里根本不在玉川附近，放眼望去，周围也没有什么吸引人的景致，只是一座突兀地建造在桑田里的木板房子，墙还是乡村少见的白墙。听到他的喊声，只见一个大概五十岁光景、脸色苍白的妇女走了出来，眼睛直勾勾地盯着他看。那样子让人觉得她要么是个病人或者是个疯子。那个妇人说自己现在租住在这个教堂里，负责照料这一切的石山家就在后面。随后带着他们来到石山家宽阔的院子里。这是一座白铁皮屋顶的房子，另一边还能看到砖瓦盖的仓库。过了一会儿，走出来一个脚穿草鞋的人——是一个五十多岁，已经大半秃顶，长相酷似猩猩的男子。来人自报家门说自己名叫石山八百藏，后来得知，石山先生是村里博学多识的才子，现在还担任着村议会的议员。由于身处战事频繁的三多摩地区，所以曾作为一名自由党党员，率领着众多壮士四处转战，是个历经过腥风血雨的好汉。

作为一个不速之客，他也自报了家门，说自己经由牧师介绍想来看看教堂。石山先生一副不大领会的表情，说道："我没有收到牧师的信。福富仪一郎这个人名倒是在报纸上见过，另外邻村有个叫角田勘五郎的信徒，他姐姐在福富家做过工，这次确是初闻大名。"说罢便毫不避讳地上下打量着他们夫妻俩。只见男方穿着碎白点的窄袖外褂，脚踩已经磨秃了的萨摩木屐，胡子乱蓬蓬的；女的则穿着暗红色披肩，素面朝天，穿着一双看着十分夹脚的鞋子。石山先生听他说来这里是想完成自己住在乡下的夙愿之后，歪着脑袋思忖了一小会儿，大方地表示说："现在教堂没有牧师，所以方便的时候就请过来吧，我们都会尽力照顾的。”

随后，他们到教堂去看了看。教堂也已经破旧不堪，且十分狭小，最多能容纳一百人。教堂背后有个小房间。在耶稣教盛行的时候，距村子西边四公里的甲州街道古老驿站所在的调布町有个教堂。后来耶稣教逐渐衰落，教堂也就派不上用场了。于是，石山先生和千岁村的一些信徒便将教堂搬来了这里。由于近来没有牧师，现在有个小学教员母子俩租住在这里。

看过教堂，租住在教堂的母子请他们喝了些酽茶，之后，在这家儿子的指点下，他们夫妻二人便踏上回程，朝甲州街道走去。

晚秋的夕阳斜挂在甲州山顶，偶尔传来几声乌鸦的啼叫。武藏野的晚风吹来，让人颇感寒凉。夫妻二人沿着花草摇曳的田间小路，拖着疲惫的双腿向着甲州街道走去。我们将何去何从？哪里才是我们的命运所归？如此想着，夫妻二人默默地走在路上。

到了甲州街道，也不见一辆马车。在路边唯一的一家商店里，他妻子买了一双草鞋换上。两个人又急匆匆地走了十多公里路，才到了灯火通明的新宿。

远离都市

一

又过了两个月。

明治四十年的一月。一日，两个乡下人来到我位于青山高树町的家里登门拜访。一个是石山先生，另一个是教堂的执事角田新五郎先生。他们想聘用我为牧师，而我表示无意做牧师，只是希望能住在他们村里。

我不大想去千岁村，虽说那里离玉川不远，但据说也有四公里路，而且没什么好的景致。我家雇用的女佣是江州彦根人。听她说他们那里有很多人把宅院亏本出售后去了京都、大阪、东京等大城市，因此地价十分便宜。江州濒临琵琶湖，山清水秀，盛产松茸，又邻近京都、奈良一带。于是我颇为心动，立刻找人帮忙打听，可还没有回音。后来才知道，现如今无论是从农村迁居到城市，还是想从城市退隐到乡间，别人都会觉得是在开玩笑，没人当真，于是此事便不了了之。江州那边还没有任何消息的时候，千岁村的石山先生却十分卖力地邀我去千岁村居住，他专程前来告诉我他们村里凑巧有三处预售的土地。虽说我没有太大兴趣，但还是决定先去看看。

石川先生所说的那三处房产，一处位于青山街道附近的祖师谷，一处靠近流向品川的灌溉渠。这两处面积太大，不大符合我的要求。我最后看的是粕谷的地产，占地大约一千五百平方米，地势较高，风景也不错。上面有四十多平方米的茅草屋顶的土房，用几根钢丝绑在青栲树上以防被风吹倒。屋前右侧是一排橡树，随后就是一片麦田。屋后是一片三角形的小杉树林。这块地皮归石山先生和另一人所有，房子则是邻村木匠家的。房子里住着木匠的小老婆和孩子。我一边思忖着不然将就着暂且住在这里吧，便掉头回了家。

之后，石山先生又多次催促，希望我早做决定。而江州那边仍然杳无音信。眼看着我的钱包也日渐瘪了下来，于是我最后决定买下粕谷那处地产，并交付了订金。

交完订金之后，我自己便不由得着急起来。我决定排除万难，无论如何也要在二十七日搬离东京。于是，在二十六日，我们夫妻二人带着两个年轻的姑娘，拿着扫帚、抹布和水桶，从东京动身去打扫卫生。由于路途遥远，姑娘们都累得够呛。一路上云雀的歌声倒是给了我们一点点慰藉。

之前说好了提前一天现房主就会腾出房子，可等我们去了一看，原住户还没有完全收拾好，正在往最后一辆排子车上装行李。房主木匠据说之前是石山先生的手下，我们上前打了个招呼，便在一边的枯草地上休息，等着他们离开。木匠的小老婆头发乱蓬蓬的，看到城里的女人便恶狠狠地盯着看。我们的新家东侧有一片不大的墓地，再往东有一户人家，是石山先生的亲戚。这家女主人借给他两张席子，还端来一壶茶水和一碗咸菜，我们便坐在席子上就着自带的饭团吃了起来。

又过了一会儿，只见十五六岁的哑巴拉着排子车，木匠一家随着行李终于搬走了。我们迫不及待地跳起身来进屋去打扫。搬完后的空房原本就不会多么美观，但看着眼前刚刚成为自己房子里的那一派污浊景象，还是让我感到心里堵得发慌。腐朽不堪的麦秆屋顶，破烂掉渣的粗灰泥墙，浸满了尿渍的榻榻米，早已被熏得发黄的两张墙纸，沾满苍蝇屎的顶棚，地面坑坑洼洼的灶间，粪坑里满是粪便，污水沟里铁浆般的污水横流，满地的垃圾。前房主就留下了这样一个烂摊子。我顿时感到无从下手，妻子和姑娘们也都拉长了脸。无奈之下，我愤然拿起扫帚，木屐也没脱就跳上地板扫了起来，顿时到处尘土飞扬。见状，妻子和姑娘们也扎上头巾，挽起衣袖开始打扫起来。

二月份的白天还比较短，打扫到一半时就已日近黄昏。于是，我们停下手，把剩下的部分拜托给石山先生，便又匆匆忙忙地踏上了归途。甲州街道上也不见马车，无奈我们只好拖着沉重的步伐徒步往家里走去。好不容易走到新宿时，大家都已然筋疲力尽了。

二

第二天是明治四十年二月二十七日，这天清风徐徐，天气晴好，对二月份来说是个难得的好天气。

我从村里雇了三辆马车，同为耶稣信徒的石山先生、角田新五郎先生、臼田先生、角田勘五郎先生的儿子也各自拉着一辆板车前来帮忙。大家一起把行李装上车，吃罢午饭便出发了。我的行李大多是书本和盆栽的花木。我向来喜欢园艺，在原宿生活了五年，虽说是租房而住，但也养了很多盆栽和花草，大多都带不走，就只好忍痛割爱了。当然从原宿搬到高树町的也不少。我决定把这些都拿走，为此拉车的人都笑话我说什么都想往家里搬，后来软硬兼施才让他们把那些栗子树、带根的榛树都装上了车。最后我请了一位叫三吉的主管押车，这个小伙子心地善良，之前我们在原宿租住时他也常来帮忙。

我同前来帮忙的几个年轻人以及昨天和我们一起去粕谷打扫屋子的两个姑娘一一告别后，他们便先行离开了。曾暂住的此前的那位女佣也背着一个大包袱先走了。住在隔壁的房东重病住院。他的妻子整天就在家里和医院两点一线地跑。虽说交情不深，但还是必须要和他的妻子打个招呼。等我告完别出来一看，房门口已挂上了“此房出租”的牌子。

我们夫妻二人连同临时来帮忙的女佣，手中拿着随身的行李，提着油灯，先乘坐电车到了新宿，然后坐上了去往调布的马车。马车沿着甲州街道晃晃悠悠走了一个多小时，最后在上高井户的山谷下了车。

我们抵达粕谷时，夕阳早已沉入富士山后。武藏野就沐浴在一日元般大小的光亮中。我们就像是逃离都市的一行，三个人拖着长长的影子，走在去往新家的田间小路上。只听前面远处的青山街道传来马车咯吱咯吱的声音，原来是先出发的马车就要到了。人和行李就这样沿着两条道路一同朝着我们的新家行进。

来到昨天刚打扫过的房子，只见两个房间都在石山先生的安排下铺好了没镶边的草席，这样一来才有了点儿像人住的样子。另外，我昨天还拜托之前住在这里的木匠，在房间里搭了一个简陋的天棚，以防止有蛇钻入。

夜幕降临时，拉着板车的各位也赶到了。家具大多都放在房间里，其余的则堆在了屋外。来帮忙的各位喝过一杯茶便都告辞回去了。我们点亮油灯，拿出从东京带来的冷饭，吃了第一顿在新家里的晚饭。用过晚饭后，我们夫妻二人在西边的房间睡下，而女佣和三吉则睡在另一间房里。

明治初年，离开距萨摩很近的故乡搬到熊本，后来又从临时借居的亲戚家搬到父亲买来的破茅草房。当时八岁的哥哥高兴得手舞足蹈：“即便再破还是自家的房子好。”

出生四十年来，我也终于有了属于自己的土地和茅草屋，我感觉自己仿佛成了帝王，舒服安逸地伸开双脚安然地入梦了。

浅虫

九月九日至十二日，我一直逗留在奥州的浅虫温泉。

旅馆后面有驶往青森的火车通过。枕下传来陆奥湾碧玉般的潮水激荡的声音。西边则是青森的人烟可见。背后是津轻富士的岩木山，远远望去显得十分小巧玲珑。

从青森来的一群有艺伎陪伴的游客，嘴里吟唱道：“一夜相伴亦为妻。”

五岁的鹤子第一次看到海鸥，兴奋地喊着：“妈妈，你看那边有白乌鸦在飞呢。”

闲来无事，我们一家三口用在旅途中从海边捡来的小石子玩起了弹石子儿游戏。这让我回想起了陈年往事。

那是我十岁那年的夏天。我随同父母一起乘船去萨摩境看望祖父。原本只有大约百里的路程，因为当时狂风大作，到达天草岛竟然用了十余日之久。一路上父母为了给我解闷，讲遍了能讲的那些陈年往事，无聊至极，年近花甲的父亲和年近五十岁的母亲便陪我一起玩起了弹石子儿游戏。

走在海岸边，只见扇贝的贝壳堆积如山。我们在浅虫吃到的食物当中，数油炸扇贝最好吃了。海边到处开满了紫色的玫瑰，伴着晚风飘来阵阵芬芳。

原野出恭处 海边嗅芬芳

秋寂

今天是个寂寥的日子。

走过大丽花公园时，忽然看到一条两尺多长的茶色细绳在扭动，仔细一看是一条蛇。只见它抬起蜥蜴般细小的头，吐出黑黑的信子，发出嗞嗞的声响。我正犹豫着要不要除掉它，它已经钻进了附近的一个直径一寸左右的洞里，哧溜一下仿佛是被什么吸了进去似的。

走在园中，随处可见蝉的空壳。

昨夜在屋里就听到什么东西临死前发出的微弱呻吟声。早晨起床，发现风琴上落着一只奄奄一息的蚂蚱。它还没死，而在死之前，它会一直叫着。

自然界在日渐老去。客厅前有一只蜜蜂正在爬行，我用手抓住它的翅膀，它也没有丝毫要蜇我的意思。看来它已经衰弱得连飞起来的力气也没有了。于是我又轻轻地把它放在地上，只见它又慢慢地向草地爬去。

今天真是个寂寥的日子！

过了晌午，天气转阴，到处都弥漫着闷热的空气，让人昏昏欲睡，没睡好觉的鹤子去午睡了。只见狗一副十分疲倦的样子躺在垃圾堆旁，猫也在草地上呼呼大睡。

南边吹来一阵风，暖暖的，宛如六月的风。要是闭上眼睛仔细听来，又好似冬天寒风的呼啸。

下午四点多钟的时候，夕阳忽然从云缝儿中射出一道光亮。庭院里那即将凋谢的波斯菊、盛开的菊花、红色的鸡冠花、爬满蜜蜂、牛牤的八角金盘开出的大白花，还有那已经略微枯黄的草地、叶子已经凋落干枯了的胡枝子、白桦、落叶松等，一切都沉寂在这傍晚的夕阳中。一切看似鲜活，却在哭泣；看似艳丽，实则寂寥。

今天是一个寂寥的日子。

阿安

每逢春分、秋分，或者三月三、五月五的节日以及盂兰盆节，总有很多形形色色的乞丐前来。他们中有衣着干净利落、背着孩子的妇女，这些人成群结队、吵吵嚷嚷。我上前一打听才知道他们来自新宿。还有一些人自称是商人，实则也是乞丐。他们会拿来些浅草的纸张、便宜的肥皂及玩具。时常也会有一些三教九流的人，其中大多是难以维持生计的职员、找不到工作的建筑工人。这些人都是因为种种原因不幸沦为乞丐、小偷、强盗或者劫路贼的。一个秋天的早晨，我突然听到门口的杂木林中传来沙沙的声音，循声望去，只见一个穿着号衣，四十岁左右的男子睡眼惺忪地爬起来，伸伸懒腰便走了。看样子他前一天晚上是在这里过的夜。

除去一般的要饭的，时不时还有一些敲明叫响来要钱的。面对他们，我有时想施舍却没有钱，有钱的时候又不想给他们。当然也有有钱并且想给他们的时候。有的时候，我也会用报纸包三两个蒸白薯给他们就算打发了。可是也有特殊情况，自从搬到村里六年以来，和我颇有交情的乞丐有两个，一个是阿仙，一个就是阿安。

阿仙以前应该是个富贵人家的公子哥儿。他即便是沦落为乞丐之后，仍旧趾高气扬，任性妄为。他留着寸头，长着一副面桶脸，毛栗子般扁扁的鼻子，总是带着鼻音诉说着他往昔的沉溺。阿仙十分爱惜自己的身体，要饮料一定是热水。之前家里剩了些海带汤，便连汤带渣都给了他。等到下次来的时候，他便抱怨就是因为给他喝了那种东西，不仅浪费了酱油还害得他拉肚子。有一次小婢一人在家，他跑来又是要茶又是要饭，后来竟死乞白赖地要她脱下身上穿的衣服给他，吓得小婢蜷缩成一团。妻子一打听他的身世，他便勃然变色说："你想吵架吗？"有一次，家里也没什么东西，就给了他一点梅干，他便皱着眉毛，露出一副不屑一顾的表情。我看在眼里，不由得勃然大怒，大声训斥道："你靠别人施舍，别不知道好歹！"于是他便嘟嘟哝哝地接了过去，但刚一出门走了五六步，他就把梅干扔进了杂木林。当时我真想追上去揍他一顿，但想了想还是忍了下来。之后我就特别憎恨阿仙。后来他又来过一两次，这两三年便再也不见他的踪影了。

与争强好胜的阿仙不同，平易近人的阿安在村里的口碑较好。阿安五十岁上下，肤色偏黑，眼睛总是睁不开的样子，脸上也没什么表情。他总是傻乎乎的，不论冬夏身上总是随意地裹着件破衣服，还戴着一顶破帽子。一头黑黑的长发低垂在前额，有时用一个脏兮兮的布手巾包住头。他总是一脚木屐一脚草鞋，一跛一跛地走路。于是我便把自己那双穿旧了的茶色运动鞋给了他，他穿上就走，可没过十天又见他光着脚跑来了。

阿安看着像是江户人，但我并不清楚他何时出于何种情况沦为乞丐的。虽然他每次来我都试图想问出点儿什么，但他却怎么也不上套。只说之前在理发店干过。有一次他问我要不要磨剃刀。而我这六七年来也没怎么刮过胡子，长长了觉得麻烦时便用剪刀修一下 。妻子过门十八年来也从未给我刮过脸，所以家里根本就找不到一把剃刀。难得阿安一片好心却白白浪费了。可即便是有，一看阿安那双极其“白净”的手，也真不敢劳他的驾。

阿安每次来到我家门口时，总是用拐杖尖啪啪啪地敲击着地面。我们一听就知道是阿安来了。有时他会站在大门口拖着中音一字一顿地说：“冒昧打扰了……”有时也会小声哼着歌曲“春雨中……”就来了。有一次趁他来了，就让他帮忙用筐子运沙子，之后给了五文辛苦钱。打那之后他每次来就问家里有没有什么活，时不时还缠着我讨要香烟。我告诉他家里没人抽烟，可不一会儿他便会忘得一干二净，过后接着要。总之，正直的阿仙顽固不化，而聪明的阿安则比较圆滑、机灵。

夏天是乞丐的天堂。到了夏天连我们都想抛下家庭这个累赘，到野地里以天为被，以地为席，周游全日本乃至世界去讨饭。夏天是乞丐的天堂。到处的佛堂都可以睡觉，阴凉处也是绿草如茵，夏天东西不易贮存，他们从家家户户要来的东西自然也很多。唯一美中不足就是蚊虫过多。

有一次，我看到阿安跪在小河岸边，便问他：

“阿安，你在这儿干什么啊？”

只见他揉揉惺忪的睡眼，答道：“哦，洗衣服呢。”

原来他正在洗草帽。这里的小河既是他的洗衣场所，也是他的洗澡堂。

乞丐在冬天的遭遇则比较凄惨。只有那些平日里在乞丐中嚣张跋扈的家伙才能住进野外搭的小木屋之类的地方。其余的乞丐们只能灰头灰脸地躲进村里的佛堂、田里的肥料屋。实在没办法的时候，就只能蜷缩在朝南的山崖下、杂木林的落叶中，点燃篝火勉强过夜。为此这些地方常常发火灾。之前我家旁边的墓地里还有一处供奉阎王的小祠堂，就在我搬过来前不久，被乞丐们点的篝火给烧掉了。那里木质的阎王雕像已经化为灰烬，只剩下夺衣婆的石像半蹲着暴露在光天化日之下，一副可怕的表情。八幡神社也从去年开始在前殿装上了大锁，以防乞丐随意闯入。这样一来阿安便没有了安眠之所。或许就是因为这个原因，我已经好久没有见到阿安了。

“也不知道阿安最近怎么样了？”

我常常会听到村里人纷纷议论阿安的下落。

昨天女佣忽然报告说阿安死了。据说是街坊女孩说的。

“阿安？哦，在我们家阿安死前不久他就死了。”附近有个叫阿安的姑娘是五月初死的，这么看来乞丐阿安应该是死在樱花开放的季节。

据说阿安后来一直住在甲州街道南的五谷神社。死后便被埋在了高井户。但谁也说不清楚他是怎么死的。

“大家都说阿安好玩女人，女人家是不能单独送他东西的。”女佣说道。

“想想阿安真的好可怜，不过死了倒也安心了。”妻子说道。

我心头不禁掠过一丝淡淡的哀伤，仿佛秋天田野上空云彩的影子一般。

百草园

那时正值田畔盛开着红百合般的甘草花。一天，太田君突然来东京游玩。我们稍稍寒暄之后，我便提议去百草园看看。他一直听闻百草园离府中不远。而从这里到府中大致有四里路，且对我而言已然是轻车熟路了。看看表已是十一点，虽说稍稍有些晚，不过夏季天长，我们决定还是去了。于是，吃完饭我们便动身了。

大麦小麦都已经收割。旱地、水田、森林，到处都是绿油油的一片。只见那绿色的海洋中有一条白色的甲州街道一直向西边山上延伸而去。我们二人一边闲聊着，一边行色匆匆，忙着赶路。太田君穿着一件藏青色的碎白花纹的单衣，趿拉着木屐，手拿一把旧阳伞。我则穿着那件不带折口的旧西服，系着条红色的皮带，腰上别着手巾，头上戴顶麦秆凉帽，光着脚穿着双茶色的运动鞋。太田君以前是个社会主义者，为了宣传社会主义，他曾推着装满平民社出版物的小车周游全国，因此腿脚十分强健。我虽说喜好走路，但其实走不了多少。一天倘若走四十公里路的话，第二天就受不了。由于天气闷热，我们不时地擦拭着额头的汗水。

到了府中。只见大国魂神社四周到处都是千年银杏、光叶榉树、杉树等，郁郁葱葱。我们从神社旁往南，走了两公里多的石子路，便到了玉川河滩。这一带名为分倍河滩，据说是新田义贞大败镰仓北条时的古战场。渡过玉川渡口，又走了一千米左右便是顺河绵亘东南的低矮群山，仿佛是为玉川筑起的一道长堤。爬上其中唯一的小山便到了百草园。这里是原松莲寺的旧址，现已是某某先生的别墅。寺里有茅草铺顶的茶屋，既可用餐也可住宿。从茶屋向上爬过一个小土丘便有一座瞭望台，这里大树成荫，颇为惬意。我们便招呼人铺了草席，坐下擦了擦汗，一边喝茶吃着点心，一边尽情地享受这眼前的美景。

这里确实可以称得上是东京邻近村镇中最适合眺望的绝好去处。可不巧原野尽头的天空微阴，无论筑波、野州、上州、秩父的山，抑或是东京都看不到。倒是眼前自西北流向东南的玉川流域，被认为是“比骤雨的天空还要广阔”的武藏野平原一带，到处都是大自然浓淡相间的绿色。放眼望去，沙砾以及人工建筑的道路、房屋等历历在目，仿佛一大幅灰色的鸟瞰图。“真美啊！”两人不住地感叹。

就在我们出神地欣赏着眼前的美景的时候，满是绿色的武藏野突然间暗了下来。我们都未戴手表，便以为是天快黑了。这闷热的天气总是让人不知不觉间忘掉时间。然而，突然一阵饱含水汽的风冷冷地拂过脸庞，我才猛然发现玉川上游、青梅一带的空中浓黑的乌云滚滚涌动。

“也许要下阵雨了。”

“是啊，看样子要下啦。”

我们放下茶点钱便动身下山了。太田君要去日野停车场，然后从那里坐火车回东京。于是我们便一同走到日野，到了山脚便分道扬镳了。

“回头见。”

“好的。”

太田君一转过人家的珊瑚木篱笆，就看不到身影了。留下我独自一人，不由得心生凄凉。我仰望着西北的天空，一边向渡口方向走去。河面上空滚滚乌云追逐着玉川河水向东南涌动而来。每走一步天空似乎都会更暗一些。于是我加快了脚步，然而无奈步伐不敌云朵的速度，当我乘船渡过一宫渡口到达分倍河滩时，天空已经是黑压压的一片，北方雷声阵阵，仿佛已经敲响了战鼓。农户们忙着收拾晒干的麦子。只见从府中方向驶过来一辆肥料车，轮子吱吱作响，急匆匆地向家里奔去。

“也不知道太田君走了哪儿了？”

我心里惦念着太田君，脚步匆匆地向家里走去。

到了府中，天色已经昏暗。由于比往日要黑得早一些，街灯也已经亮了起来。说时迟那时快，已经开始有雨点滴落。我心想，不如在这里避避雨，虽然脑海里有这样的想法闪过，但却敌不过急于回家的念头。由于不知道雨何时才会停，于是我便在一家商店买来雨披穿在身上，拽下别在腰间的手巾，从凉帽上紧紧地包住头和双颊，迈开僵硬的双腿，疾步而行。

快走出府中街道时，头上的乌云突然在我的头顶炸裂。只见天空像被掀了底的水槽，雨水像瀑布般的倾泻而下。天空上闪过一道紫色的闪电，雷声震耳欲聋。我吓得倒吸了一口凉气，本能地撒腿跑了起来。可仔细一想，无论如何我也是难以逃脱这场雷雨的重围，于是索性放慢了脚步。不巧的是这一带前不着村后不着店的，也找不到一处可以避雨的地方。路上也没有什么来往的行人，唯我孤独地一人在暴风雨中艰难向前。我虽然戴着凉帽，上面还裹着毛巾，但雨水还是顺着脸颊奔流。身上穿着的雨披也没多大意义，口袋里鞋里到处都灌满了水，全身湿淋淋的，宛如在水中游泳一般。一阵阵紫红色的闪电闪过黑暗，雨点像断了线的珠子一般。雷声似乎在和我开着玩笑，刚听着似乎已经远去，忽然间又在头顶炸开，仿佛一次性点燃了无数爆竹般震耳欲聋。每当此时我便不由得停下脚步。听着这滚滚的雷声，我感到雷一定会落下来，而且一定是落在自己的头上。毕竟在这条道路上行走着的也就自己一人。如果是那样的话，我便难逃被雷劈死的厄运了。意识到自己必死无疑时，我竟一时间觉得生命如此可贵，家中妻子的面庞历历在目。我脑子里闪电般地回顾了自己那并不完美的生涯，感觉对妻子歉疚太多，负债累累。我也想到了自己被雷击死之后，其他活着的人的命运。脑子里突然闪过《圣经》中曾记载过得一则可怕的宣判：“夺走一人则一人活命。”我试图反抗，却发现一切都无济于事。雷声越来越大，每逢此时我便感觉那一刻就要降临了，心里反倒平静了许多。我满心都充满着对自己、对妻子乃至对一切生物的怜悯，不由得眼前模糊起来，却不是因为这雨。

当我走到调布街道时，雷从头顶越过，在东方炸开。雨越来越小，不一会儿便停了。天色渐晚，只见夕阳放射出银白色的余晖。调布街道的马路中间站着五六个人，吵吵嚷嚷地看着地面。地上升腾着一股烟雾，大概是落地雷吧。只听站在房门口的主妇扯着嗓子跟对面主妇打招呼：

“我刚出去收衣服，那雷就响了。吓得我赶紧躲到柴草房，想出去可怎么都出不来啊。”

看到雷雨已住，我突然间感到极其疲乏。湿透了的衣服紧紧地裹在身上，又冷又沉。两腿酸痛，肚子咕咕直叫。我拖着沉重的双腿一步步地挪着。临近泷坂时，天已经全黑了。雨虽然停了，但东北的天空还时不时地闪着电光。

走到离家还有六七百米的地方，我突然看到一个白色的身影站在那里，那是妻子。我的全家大小，连狗都跑来迎接我了。妻子说看天色这么晚了，还生怕是刚才被雷劈了呢。

第二天的报纸上刊登了这样一则消息。就在我走过的玉川下游，一只小船被雷击中，坐在船头的男子被当场劈死，而船尾的男子则平安无事。

“夺走一人则一人活命”这句话又浮现在我的脑海。

北海道的京都

在钏路见到了要拜访的M先生，算是了却了一桩心事。于是，我第二天便经由池田去往淕别，完成了此行的第一目的，拜访了关宽先生。逗留了六天，在旭川、小樽各住了一晚后，十月二日再次返回了札幌。

我们去时耗时一天两夜，返回则是一天一夜，由于只是走马观花，因此也未能发现眼前的札幌外表上与七年前有何不同。据说札幌人口八万，其中耶稣信徒就有八百多，唯一的一辆汽车就停在市议会前。第一天晚上我在独立教会聆听T牧师布道，之后就投宿在山形屋。第二天，我与T君和O君一起参观了农科大学。那里的博物馆里陈列着从熊胃里取出的成人和小孩子的手，被浸泡在酒精里，简直惨不忍睹。想想在明治十四五年之前，札幌附近还经常有熊出没，而那时北海道已经开发了。在宫部博士的解说下，我们看了两三个植物标本。有在日俄边境的桦太附近采集而来并新命名的紫杜鹃；久未见到的冬虫夏草；还有侵蚀木髓而成的猴头菇等。之后，我们还参观了昆虫标本，了解到了美丽的蝴蝶、短命的蜉蝣等生物的生活，十分有趣。撒满榆树树荫的校园，道路两旁洋槐葱郁的街道，札幌这座美丽的城市，堪称北海道的京都。

当天晚上，我们乘坐火车离开了札幌，第二天去到了大沼公园，在淅淅沥沥的小雨中再次游历了一番美丽的大沼。当天晚上便去了函馆，在那里乘坐梅香丸与北海道惜惜告别。

波斯菊

今天是个令人感到愉悦的如同夏日的好天气。午后，温度计飙升至华氏六十八度，白色的蝴蝶翩翩起舞，苍蝇也嗡嗡地叫个不停，就连枝头的知了也恢复了鸣叫。

如今正值波斯菊盛开之时。深红的、红的、粉红的、白的，五彩缤纷；花园里、田野里以及垃圾堆旁，到处争先怒放。如若有人前来观赏则是甚好，可终日无人问津。唯有我沐浴着这黄金般暖暖的秋阳，尽情地享受着这色彩的盛宴。

辰爷时不时拉着排子车路过屋前，连声赞叹道："真漂亮！跟花车似的。"之后又匆匆离去。

眼看那芙蓉、胡枝子、莲花杜鹃的叶子逐渐变红，梅花、山樱桃也差不多落光了叶子。满天星最先变红，木瓜长出黄澄澄的果实，松树愈发郁郁葱葱。还有那红艳艳的落霜红，五颜六色的波斯菊，香飘四溢的山茶花。可谓满院风光无限好！

待到傍晚，站在屋子南边那棵老叶榉树的树桩上放眼望去，太阳不知何时早已落在甲州的山上，漫山遍野呈现出一片紫色。夕阳撒在淡褐色的田间，也照在小河坝边的白色的芒草上。南村北落升起袅袅烟霭，耳边传来乌啼、鸟鸣。就这样，秋天的一天即将安然地度过。望一眼东京方向，只见几缕烟雾扶摇直上，天空是胭脂色的。前日里目黑火药库爆炸，导致二十多人死伤。最南边那缕烟雾想必就是来自那里的吧。

草地上

自打进入正月以来，一直都是晴空万里的好天气。

闲庭漫步，一阵凉风轻轻拂过脸庞。暖日当空，十分惬意。杉树已经变成灰褐色，松树也泛着微黄。五六只白脸山雀落脚在光秃秃的枫树枝头，一会儿歪着黑黑的脑袋四下里张望，一会儿又叽叽喳喳地在树枝间飞来蹦去。地上隐约可见地藏菩萨像投下来的影子。

草地上的花草已经枯萎，像是铺满了灰色的长绒棉。我家的三只小狗沐浴着阳光，悠然自得地躺在草地上打着滚，玩得十分高兴。不管过去和未来怎样，至少现在它们看上去是幸福的。我在一旁远远地看着它们，也不由得幸福满面。如此说来，我也是个有幸之人。

听到厨房那边响起了开饭的口哨声，小狗们便从草地上一跃而起，争先恐后地向厨房奔去。我悠然地脱下木屐，呈大字形仰卧在草坪中央。蔚蓝的天空万里无云，没有一只鸟飞过。我就这样一直望着天空，任思绪飞翔。

初夏

前几天从阿七家买来了茄子苗。今早阿七的妈妈还不放心，特意跑来看看茄子的长势。

这个季节的美味当数豌豆饭了。然而豌豆上容易爬来些黑虫、青虫之类的，而且不计其数。我们夫妇二人今天也跑去田里，足足捉了两个小时的虫子。和虫子争粮食，跟苍蝇争住处，身为人子活得真是有失体统。

午后我前往邻村去买竹笋。看着那新竹已经高过老竹子一尺多了，竹笋即将下架也就理所当然了。来回的路上都经过水田，放眼望去，只见那长出嫩芽的秧田已是绿油油的一片。湛蓝的天空倒映在秧田中，南风轻轻吹拂，水面掀起一片涟漪，两寸多的幼苗一棵棵随风摇曳。

近两三天来，一到晚上，雷神便敲起大鼓，云间电光闪闪，过了五点终于雷雨大作，大概一个小时之后又会雨过天晴。

穿着夹衫总觉得有点儿冷，于是我披上呢绒外套外出。只见门外的路上已经积满了水，熟透的麦子耷拉着脑袋，栎树、橡树的叶子上还挂着水珠。西面天空已经明亮如常了，而东京的天空则乌云密布，远处还有雷声隐隐作响。武太和伊太光着脚丫，背着一筐黄瓜秧走了过来。

已经入夏了。

除草

一

每逢六月到九月，农户们便开始上演一场“除草大战”。自然界孕育了万物，同时也壮大了强者。如果放任不管，相对孱弱的五谷蔬菜眼看着就要被丛丛杂草所吞噬。二宫尊德曾提出“天地万物乃自然所生，裁制辅导则在于人”。如此看来，注定是要上演一场“人草之战”了。

田地里的野草一个劲儿地疯长。因此，常听农户们说：“受到了杂草的攻击。”由此可见杂草的咄咄逼人之势。老人、孩童和病人姑且不言，但凡四肢健全的人都使出了九牛二虎之力，誓与杂草大战一番。可大自然永远不会给我们喘息的机会，于是人们只好牺牲了做饭、品茶的时间，啃着黏糕全身心地投入到这场“除草大战”之中。

我们村子的农户虽然拥有的土地面积不大，但从入夏直至秋季也都在一刻不停地和杂草做着斗争。早上起床连脸也顾不得洗，就蹚着露珠去除草，一直到晚上披着月光回家。有时为了将草除干净，还要顶着烈日劳作。好不容易终于将草清除干净了，可眨眼间的工夫，它们就又卷土重来。于是我常常抱怨：要是没有这些杂草、虫害，夏天的田园将是多么的美好恬静！而多了这些杂草之类的又有何用？为什么我们人类要变成除草的机器？而除草又是多么愚笨的举动，所谓“物竞天择”，与其辛苦劳作，不如遵从自然规则，放任不管，任其生长。而且农作物也不至于全军覆没，有多少收多少，知足常乐岂不美哉！但目睹杂草飞扬跋扈之态，我又不愿忍气吞声。再者，看着别人家田里寸草不长，也不想自家田里的草籽掉落到别人家地里。我不得不想着尽量不给邻居带来麻烦。

于是我又重整旗鼓再次开始了与杂草的作战。一棵、两棵……除去一棵少一棵。虽说“野火烧不尽，春风吹又生”，但眼下还算行之有效的方法就是将其连根拔起。除草不只是手上的功夫，同时也是在给心田除草。姑且不论到底是把心比作田，还是把田比作心，总之它们都是极易长草的。稍不留神便会杂草丛生，而我们的内心世界以及周边的社会又何尝不是如此！我们似乎无法除掉世界上所有的草，即便能够实现，对我们来说也不一定意味着幸福。但如果一味地放任不管，我们的世界将会被杂草吞噬。如此看来，除草是为了我们自己，同时也是为生命所为的。所谓“出则无敌国外患者，国恒亡”，而无杂草之患者，农户亦会堕落。

《旧约全书》上记录有“你不听我言吃了禁果，地必因你的缘故受咒诅。地必给你长出荆棘和蒺藜来，你必艰苦奋斗，汗流满面以得糊口”。这里将草作为对人类的惩罚。而这种所谓的惩罚实则是对人子的深深祝福。

二

作为一介百姓，我除草的初衷是为了美观。而一旦开始便不知不觉间认真起来，希望能斩草除根。而在这一点上农户们则显得尤为智慧。他们将除掉的杂草埋入土壤，或于烈日下晒干，烧为灰烬，最后堆积起来发酵将其化作肥料。俗话说得好，常常号称敌人的往往可以成为朋友，而农户们这招化敌为友可谓明智之举。所谓“落红不是无情物，化作春泥更护花”。不论烂漫的樱花还是无名的野花，无一例外。水至清则无鱼，寸草不生看似不错，或许它自此便只能沦落为一方贫瘠土地。本能是很难磨灭的，因此我们要谨记与其判一个不良少年死刑，不如引导他走入正途。任何一个人的内心之中多少也会长着几颗“草籽”吧。

田地里的杂草种类繁多。有一种草轻轻一下便能连根拔起，还散发着一股清香。这一带还有一种草叫作咸味草，枝干低矮，茎红，顽固地盘错在一起，但扎根很浅，轻轻一下就可以拔掉。还有一种无名草，无叶无花，在黑暗的地下扎根并不断往下生长，可达一两丈之深，这无疑对蔬菜谷物是一个威胁。最难缠的要数爬地虎了。其花为单瓣黄色，形似小菊花，具匍匐茎，可不断延伸。其蔓被刈割后也能很快扎根，抽出嫩叶，再生能力极强，即便只留下些许的根茎，十天左右也能长成一片草地。如此一来只能用铁锹将之深深掘起，根茎所至之处都需仔细清理，才可除去后患。触景生情，不禁感慨我们的生活中也总会邂逅类似的人或物。

除草一般是在早晨露珠未干之时。那一棵棵被露珠打湿了的小草刚睁开眼，便迎来泛着青光的刀刃。为了一举消灭大片杂草，可以使用一种长柄拱形的大镰刀，除起草来也可谓大刀阔斧。梅雨季节时，一侧的刀刃上总会沾上些草。而要是临近立夏，不需多时便作枯萎状。

夏天虽说杂草生长迅猛，但只要多加留意也很容易清理。让人头疼的是秋天的草。秋草一般生长期短，一旦撒下种子，发芽、小小的便开出一朵朵花，然后结籽。那般速度，在小草看来好似一滴滴的眼泪。而一旦草籽撒落，一时间则无法清理。因此稍不留神让它们撒下种子就后患无穷了。漫步乡间，抬眼望去，仔细打理过的良田庄稼长势喜人，不经意间也会看到有些田地杂草丛生。去年秋天，我由于身体欠佳无暇顾及，以致自家的田地荒芜一片。

现在是时候要除草啦！

钏路

在旭川休息了两个晚上之后，我于九月二十三日早晨出发前往钏路。这是我生平第一次来到这里。

昨日在石狩岳我看了雪。火车上也感觉十分寒冷。火车顺着上川平原一直向南行驶，车窗外，水田已经泛黄，原野里到处都是烧剩下的黑漆漆的木桩，不由得让人想起生活在日渐繁荣的北海道的那些尚未灭绝的阿伊努族人，禁不住悲哀之情由心而生。在下富良野，我看到了青绿色的十胜岳。火车驶入了与夕张方向相反的山路，顺着空知川的上游溯流而上，银白色的沙地，碧绿的流水，不断地出现在我的眼前。这一带秋色已深，万树挂霜，黄褐色的树丛间是那红得似火的色木槭，还有金黄色的有北海道银杏之称的桂树。

火车从旭川出发，经过五个多小时的行驶，终于抵达了狩胜车站，即石狩和十胜的地界。我把头伸出窗外，看见左边竖着一个牌子，上面写着：

狩胜车站

海拔一千七百五十六点一二英尺

狩胜隧道

全长三千零九点六英尺

距钏路 一百一十九点八英里

距旭川七十二点三英里

距札幌一百五十八点六英里

距函馆三百三十七英里

距室兰二百二十英里

火车穿过三千英尺的隧道，由石狩进入了十胜。紧接着便是一个数百英尺的下坡路。最开始映入眼帘的是郁郁葱葱的翠松抑或是苍枯木林立的山峦，之后便是一片毫无碍眼之物的辽阔地带。火车逐渐下坡，眼前仿佛展开了一卷巨幅的鸟瞰图，映入眼帘的首先是霜枯的茅草山地，接着便是紧连着青翠山峦的一望无际的十胜大平原，在这里，视线极好，可以一直看到大地和天空的交会处。远处就是北太平洋。几乎所有的乘客都伸长了脖子四处眺望。火车蛇行般在白色的芒草花盛开的山腰间爬行。往东北方向望去，是石狩、十胜、钏路以及盘踞在北见边界青绿的峰峦。南边则是日高边境青郁的高山。火车在这山间来回穿梭，只见群山一会儿出现在左边车窗，一会儿又出现在车窗的右边，最后终于驶达了平原。

车窗外，槲树林和大豆田交替出现。十胜地区盛产大豆，至于坐火车路过旭川平原或札幌深川之间时看到的水田，在这里则很少见到。带广是十胜的中心，是一个位于辽阔平原中的城市。当火车在利别车站停靠时，上来八个艺伎，她们今天前往淕别是为了参加網走线的开通仪式。而池田车站作为網走线的一个分支，到处都是球灯、国旗、挂满彩饰的机车，还有黑压压的人群。大部分乘客都在这里下了车。

随后，火车继续沿着十胜川向东行驶。到浦幌时，车厢里便能听到太平洋的波涛声。时候已晚，车厢的灯已经亮了起来。铁路从这里拐了个直角转向北方延伸，一路上断断续续地都能听到大海的涛声。

临近九点时，我们终于抵达了钏路。我拖着疲惫的身体，继续乘车前往轮岛旅馆。头顶是十九日的残月，眼前白色的潮汐涌动，我们穿过钏路川上那绵长的币舞桥，终于抵达了旅馆。

次日，我吃过饭后便外出观光了。钏路町横跨钏路川河口两岸，车站所在的一侧多为平民聚居，而官厅、银行、林林总总的商店和旅馆则大多都在桥的东侧。东岸一带地势稍高，形成了一个小小的丘陵，可避开海风。河岸边的山脚下有许多人家，水面上还停泊着很多船只。

我们从弁天社朝灯台方向走去。这里位于夹在钏路川和太平洋之间的半岛顶端，东临太平洋，西面可俯视钏路湾、钏路川以及钏路町；正面与海平行的山丘之上，能看见秋日早晨湛蓝的天空下那一排排耸立的雄阿寒和雌阿寒的秀色。海湾里漂浮着冒烟的汽船、渔舟。币舞桥上行人穿梭不息，远远望去宛如蚂蚁一般。

这里不愧是北海道东部的第一大港，其景象颇为壮观。

由于我当天还要去拜访一个人，所以上午就不得不离开了钏路。匆匆地游赏之后，我便返回了旅馆。

茶路

搭乘钏路线，聆听着北太平洋凄凉的涛声，我们在白糠站下了车。下车后，我便拜托旅馆老板去村公所帮忙打听住在茶路的M氏的情况。问过之后听说是他之前还在，现在已经搬走了，目前下落不明。无奈之下，我只好决定去茶路找他。

于是，我先安排妻子和女儿留在旅馆，自己找了一个向导，扎上裹腿，穿上运动鞋，拿了阳伞便轻装上路了。时间已经是下午两点多钟了。茶路距此十多公里，回来时怎么也会是晚上了，因此我便在口袋里揣了一只手电筒，向导则手提夜宵和灯笼出发了。

我们离开了海边，穿过铁路，顺着枪柄般笔直的大路一直往西而去。道路两边都是一望无际的湿漉漉的泥炭地，黄色的返魂香、紫色的石龙胆还有一些不知名的花花草草都已枯萎。向导说要是不小心掉了一个烟头在这里，估计都能烧上一两个月。路的一边铺着走矿车的钢轨，眼前到处都是正在拆卸铁轨和枕木的民工。

“这是怎么了？”我问道。

“哦，这是在拆通往安田矿井的铁路。离这儿就七八公里吧，你看就在那座山背后。不过已经废弃了。”向导答道。

向导还说，一个伙计扛着钢轨在桥上每走两米就能赚五十日元，哪怕是扛一根枕木也能赚不少钱。铁路的枕木都是由沉重的楢木制成，木质坚硬，不易腐朽，这一点完全不逊于栗树。北海道栗树生长得极少，在钏路等地很难找得到。

向导是水户人，五十岁左右，是个十分爽快的汉子。他早年去了北海道，近年才搬到白糠，目前在经营着一个小饭馆。

“来这里的什么人都有吧？”

“是啊，形形色色，什么人都有。”

“都是些地痞流氓之类的吧？”

“那倒不至于。但之前确实有一个十分让人头疼的家伙，他奸淫成性，专门欺负那些良家妇女和小姑娘。因为这些人一般都会顾及体面所以不大宣扬。一次，一个农家姑娘，约莫十五六岁，一个人去割草的时候不幸遇到了他。还好，被一个伐树的汉子撞了个正着，为此引发了好大一阵骚动。为此，那个家伙最后被赶出了村子。据说他后来去了大津，现在在那里的一家渔场挣钱糊口呢。”

我们继续前行，眼前只见大山从三面逼近而来。途中经过唯一的一户人家，讨要来些井水解渴。只见桔槔的吊桶用的是铁桶，一头坠着石头，是从水井旁长三尺的莲香木洞眼里穿过去的，一直通向一丈多深的井里。井水晶莹透亮宛若水晶。这一带看不到什么耕地。因为海上常有雾气袭来，田地里长不出一般的谷物、蔬菜，唯独出产一些萝卜、土豆之类的带根的菜类。据说只有继续往内地再走二十几公里，才能看到麦田。

路上我们遇到了一个背着很多鹿角的男人迎面走来。道路的左侧则是早已干涸的茶路川的河床。

大概走了十几公里远，道路忽而呈直角向右拐去，已经到了茶路的入口，只见路旁有一间大茅草房。

“稍微休息一下吧。”说罢，向导先走了进去。

屋子中间有一个大大的铁炉子，炉钩上挂着一把大水壶。已经熏黑的屋顶上吊着个蒲包，上面插着烤好的鱼串。柱子上挂着棒棒糖。在宽敞的土房一角放着一个橱柜，上面摆满了碗和盘子等各种餐具。

只见一个额头稍秃，留着菅原道真般短须的五十多岁的汉子走了过来，和向导闲聊了几句，又回头问我：“您这次来茶路找谁啊？”

我便告诉他M氏的名字。

“哦，您是说M氏啊，他已经不在茶路了，去年就搬走了。他现在住在钏路的西币舞町，自己打理着一家殡仪馆。我们颇有交情，就在上个月，他还来我这儿玩过呢。”

说着他便从橱柜里拿出一摞信和明信片，一张张地翻着看，然后取出其中的一张明信片给我看，只见上面写着M的名字。

“他太太跟他一起吗？”我不禁问道。之前M其实是抛下内地老家的妻子儿女，孤身一个人去了北海道。之后因为信息不畅，我也只是风闻他后来也把太太接了过去。

“是啊，太太跟他在一起。孩子啊，孩子没在一起。据说大一点儿的现在在满洲。”店主人回答道。

没想到事情这么快就解决了，于是我向店主人道过谢，便马上动身返回白糠。

“这下清楚了。哦，刚才那个店主是淡路人，据说他那个饭馆很赚钱的。”只听向导在一旁说。

回到白糠的旅馆时，夜幕已经降临。只见妻子和女儿满脸寂寥地坐在昏暗的灯光下等待着我的归来。我们一同吃过晚饭，乘坐八点多的末班车又回到钏路。

春光台

明治三十六年夏，我曾来旭川旅游过一次，不过时间很短，仅住了一晚。那时候的旭川甚至比今日的名寄还要寂寥一些。那天阴雨连绵，我乘车去了近文，特意拜访了一位阿伊努族的老酋长，为的就是听他讲一些当地的事情，回来时买了些当地的土特产。现如今坐在车上看着窗外的风景，我试图唤起当年的记忆，然而却未能如愿。如今的旭川，再也难觅七年前的影子了。

我们出了街道，度过石狩川，远远望着近文的阿伊努村落，横穿过第七师团的练兵场，下了车便登上了春光台。春光台是仅次于江户川的大平台，站在这里放眼望去，旭川北面一望无际的上川原野尽收眼底。远处的山丘上到处都是水晶碎末般的白沙，闪闪发光。有几条小路蜿蜒而去，小路两旁的白桦树就如同绿色的镶边，格外耀眼。我鼻子下面就是第七师团的驻地。只见军营里的房屋都是黑漆漆的木质结构，呈细长条排列。从高处向下望去，只见大约一尺长短的马儿在奔跑，还有约两寸大小的士兵在行走。军营里到处插着红旗，时不时还能听到喇叭声。日俄战争凯旋时，曾在这个山上举行了盛大的师团招魂祭典。当时，既有戏剧演出又有摔跤表演等，十分热闹。而就在人们狂欢之时，有一个人却满怀忧郁，独自来到了这个春光台。他就是时任师团中尉的筱原良平。就在前一天晚上，他收到了恋人父亲的一封绝交书。

我环视四周，春光台上除了我们别无他人，只有那阵阵秋风，吹得四下里的树叶随风摇曳，哗啦啦作响。

矗立在这春光台上忆往昔，我不禁感叹“断肠青年今何在？一阵秋风萧瑟过”。

从春光台下来，在一位士兵的指引下，我们造访了良平的好友小田中尉的公馆，还听他讲了很多有关良平的事。良平原本已经通过了陆军大学的初试，不过被人挤掉，一怒之下就击碎了玻璃窗。随后，我们还路过了良平最后住过的公馆。这儿也和其他下级将校所住的房子并无两样，是用板壁围起来的，屋顶也是木板修葺而成，显得十分破旧。院内有棵柳树，低垂着长长的柳枝。失恋时的良平曾不堪痛苦独自徘徊在练兵场。

由于连日来的降雨，这里到处都是积水，随处盛开着一簇簇红色、白色的苜蓿花。

次郎樱

一大早，新五郎到家里来了，他可是个稀客。新五郎是个耶稣信徒，心地善良，平时寡言少语，因此，光是与他寒暄就花了些时间。起初他客气地不肯进屋，在我的再三坚持下，他才走进了客厅。随后新五郎开了金口："我今天来，其实是为了隔壁勘五郎先生，他们家次郎故去了……"

"什么？次郎？次郎不在了？"

我一直以为次郎正忙着准备青山学院的考试。突然听说他的死讯，我一时间脑子里一片空白。

新五郎递给我随身带来的医生的诊断书，上面写着"急性肺炎"。据说次郎的父亲接到紧急通知后便火速赶了过去，但最终也没能见到他最后一面。次郎的遗体是昨天夜里用担架抬回来的，考虑到工会的情况，打算今天举办葬礼。

说罢，新五郎便赶忙回去了，我们夫妇二人随后也前后脚出了门。

千岁村有五家信奉耶稣，次郎便出生在其中的一家。一听名字就知道他是家中的次子。我们夫妻搬来千岁村的那年春天，他以优异的成绩从小学毕业。听次郎父亲说想让次郎去师范学校上学，我们便力劝他去了青山学院。次郎一边上学，一边给别人送牛奶，还兼做一些学校食堂的勤杂，如此一来才勉强能凑够学费。就这样过了一年多，眼看明天就要举行第一学年考试了，他却突然病故了。他是父亲的爱子，想到这些，我心里真是五味杂陈。

由于连日来雨雪交加，道路如同沼泽地一般泥泞不堪。我们夫妇二人脚踩木屐，深一脚浅一脚地向次郎家走去，心情十分沉重。

次郎家里已经聚集了很多村里人，大家正在忙活着刨木板，制作棺材。据说之前次郎爷爷不在的时候，因为大家都厌恶耶稣教徒，没有一个人来帮忙。屋子里还有很多妇女在忙着做饭。我和妻子进屋去安抚勘五郎，这时，平日里总是笑容满面的女主人也从里屋走了出来。我们夫妻对于之前劝说次郎去青山学院读书的事情深表抱歉，并对次郎的病故表示非常遗憾。除此之外，我们也不知道再说什么好了。

走进里屋，只见次郎躺在铺盖上。由于遗体是昨天夜里冒雨抬回来的，所以被褥还湿乎乎的。次郎穿着窄袖的棉外褂，躺在那里就像是睡着了一样。我伸手摸了摸他的额头，已经冰凉。可他那有着弯曲浓眉的面庞显得是那么的柔和、白净，透着他心灵的纯洁。勘五郎家的几个子女，个个都生得小巧玲珑、皮肤白皙，而且温文尔雅、风度翩翩，着实惹人爱怜。次郎的父亲勘五郎是个性格豪爽、易于冲动、爱打抱不平的人，而次郎性情极其温和、富有爱心。勘五郎坐在儿子的枕边，向大家娓娓地讲述着次郎从小时候到临终前后的事情。

“记得次郎小的时候，喜欢站在廊檐上往下跳，然后越过坐在廊下的弟弟。有一次他没跳好把弟弟撞倒了，自己也摔得鼻血直流。可他对此全然不顾，只顾照顾哇哇大哭的弟弟。我疼惜次郎要背他，可他却懂事地把这个机会让给弟弟，自己走着。次郎在哪里都是个招人喜爱的孩子。在学校时功课也非常好。两三天前，次郎连外套都没穿，冒着大雪去送牛奶，结果患上了感冒并引发了肺炎。可他仍强忍着痛苦，坚持工作到病故的前一天。即便是病故的那天早晨，他还踉踉跄跄地拖着病体去找同窗的一位同学，拜托他替自己去送牛奶。他的病来得太过突然，以至于医生还没来得及想办法，他便匆匆地告别了这个世界。这个世界本来就处在踩着尸体继续往前冲的混战之中。由于正逢学校考试，我接到紧急通知赶到医院时，次郎身边竟然一个人都没有！他才十六岁啊。”

时隔不久便是入殓，葬礼随之开始了。先是一首不大合时宜的赞美歌，接下来是牧师的祷告。牧师先是举了一例，说一个牧羊人引着羊群过河，先把小羊抱过去，结果母羊也自然地跟了过去。接着又说，次郎之死是神决定的，他的死是为了其父母及其他活着的人。

由于正是白天很短的季节，所以，送葬的队伍出门的时候已几近黄昏了。

出了青山街道，从无鼻地藏的路标那里开始就都是田间小路了。走了大概一百米左右就到了昏暗的墓地。高大松树那茂密的枝干下是次郎的奶奶和伯母的坟墓。而次郎的棺材就埋在他奶奶的对面。

“这样感觉就像和奶奶说话一样。”

挖墓穴的人说。

“奶奶生前可是十分疼爱次郎的。”次郎的父亲说道。

自己没有儿子，却无意间害死了别人的孩子。我和妻子心情复杂，待葬礼结束后便默不作声地踏上了夜间的归途。

大约又过了一个多月。

先是梅花开了，后来是樱花、八重樱也相继开放，院子内春意渐浓。一日早晨，我在院中漫步，突然大叫了一声：“啊，开了！开了！”

只见种在院子的一个角落里的那棵野生的八重樱开花了。这棵树是去年次郎去东京上学不久，他父亲拿来的。当时树上樱花正在盛开，于是我便将其移植到了院中，也不知会平安无事还是会枯萎而死，为此，我着实担心了一阵。虽然最终这棵树算是保住了命，但大部分枝干却都枯萎了。如今，那剩下的枝干上点缀着十二三朵非常美丽的樱花。我难以抑制自己的兴奋，细细地打量着这一朵朵绽放的花朵。虽说是单瓣的晚樱，既没有普贤菩萨的丰满艳丽，也没有墨染樱般珍奇炫目，但它色泽鲜艳，清爽宜人。我禁不住想，次郎的灵魂若是要能开出花来，定是这种花吧。

凝视着这清新、纯真、温婉的樱花，我仿佛看到了次郎满脸笑容地从花蕊里望着自己。

大沼

一

我们从青森乘船前往函馆，花费了四个小时渡过了津轻海峡。我们乘坐的“梅香丸”是一艘新造的船，造型非常漂亮，可即便如此，我妻子这次还是一无例外地晕船了。我们在函馆码头的朴树旅馆休息了一晚，她还是说头疼。到了下午，我们便搭乘火车直接前往大沼。

函馆车站十分简陋。候车室有一个身着金线袈裟的和尚醉得一塌糊涂，满脸通红。只见他抓着一位留着长须、看似法国人的传教士，没完没了地说着醉话。传教士一边笑着一边敷衍着他。

去往札幌的列车告别了函馆的人山人海，沿着桔梗、七饭依次上行。我感觉就像脱了层皮似的，头脑也轻快了许多。呈现在眼前的是以卧牛山为中心的八卦图般展开的函馆鸟瞰图。真可谓“蔚蓝的大海，引人入胜景色美，北国之秋色”。从左边的车窗望去，远处的陆地隔着湛蓝的津轻海峡的秋潮浮现在水平线上。列车抵达本乡车站时，那个醉和尚便下了车，只见他戴着顶富士山形的黑帽子，手提一个不大的绿绒包，蹒跚着走出了检票口。车站的站牌上写着“距江刺六十公里”。火车离开函馆，在山路上运行了一个多小时，过了大沼车站便抵达了大沼公园。这里是专为游客设置的简易车站，我们下了车就看到两名旅馆的侍者在此等候。在他们的指引下，我们坐上一艘船尾插着红叶馆的旗子的小船，那两位侍者告辞后，船夫随即便开了船。

离开开满金黄色水藻花的海湾，映入眼帘的便是广阔的沼泽以及阔别已久的红色光秃秃的驹岳，东边的半山腰上时不时地有白烟袅袅而起。记得明治三十六年夏天我来过这里，那时火车还没有通到森林里，大沼公园里面也只有两三家简陋的饭馆临水而建。驹岳喷发也是之后的事了。然而即使火车通到钏路，即便驹岳喷发，却丝毫不妨碍大沼保持它一如既往明朗且清静的景致。时值九月十四日，沼泽一带的槭木已经开始泛红，楢树及白桦树上到处都缠满了山葡萄的枝叶，火红火红的。空气清冽，水明似镜。只见一艘帆船正向夫妇岛驶去。我们的小船也伴着橹声前行，所到之处惊起了一片野鸭、白鸻，不一会儿便驶入港湾，来到了红叶馆的下面。只见女侍出来迎接，在她的带领下，我们沿着种满色槭木的斜坡往上走，来到里面一间临水的房间。

京都的红叶馆的景致如何我无从得知，而这里的红叶馆临近大沼，面朝驹岳，四周都是一望无际的红叶，感觉十分惬意。特别是夏天已过，整个旅馆旅客稀少，一片静谧。洗澡水是用柴火烧就，我们享受了一个矿泉浴后，在古香古色的灯光下，文静的女侍伺候我们品尝了本地特产的鲤鱼、鲫鱼等美味。当晚，在这静寂的山上，听着枕边的流水声，我静静地进入梦乡。这一切是何等的闲适！

半夜传来轰隆隆的雷鸣声，我透过防雨窗的缝隙能看到电光闪闪，随之便是哗啦啦的雨声。待我起身拉开窗户，却见月亮已露出笑脸，繁星点点浮现在沼泽水边，有如萤火一般。

二

黎明时分又滴滴答答地下起了小雨，吃过早饭后雨便又停了。我乘坐小舟出外钓鱼，当小船刚走到有火车穿行的铁桥一带时又是一阵雨。于是便将小船摇到铁桥下面躲雨，没过多久就又雨过天晴了。这一带沼泽水很深，水面也宛如河水般是流动的。花了半天时间，我只钓上来些虾虎鱼，怎么也不见鲫鱼上钩。无奈之下，于是把船靠在长满水草的岸边，索性上岸到处走走看看。岸边长满了槭木，树下却并不见杂草丛生。小山上景色清爽宜人，沙地踩上去的感觉也十分舒服。虽然名为公园，但难得的是这里浑然天成，并未见过多的人工修饰。放眼望去，在能清晰地看到驹岳的地方，有一个十八九岁的青年支着画布在画水彩写生。远远望去，只见驹岳上空云彩浮动，大沼的水面和树林也随之忽明忽暗，颇有趣味。但想必要把这种感觉画出来恐怕比较困难。

看看时间不早了，我于是便放弃了垂钓，打算上船环岛一周。大沼方圆三十多公里，连同小沼五六十公里。据说以前这里有大大小小共一百四十余个岛屿。相比起来，这里既没有中禅寺湖的幽静，也没有霞之浦的淡荡，总之大沼更像是水淡、松绿、楢树、白桦等杂木丛生的松岛。沼泽边角处形成了一个瀑布，沼里除了鲤鱼、鲫鱼以及泥鳅之外别无他产。这里有大山岛、东乡岛，据说今年还修建了铜像；有的岛屿上据说还建有过去这一带领主的坟墓。这里是夏天游玩的好去处。现在虽说有些冷清，但偶尔也能看到一两艘学生划着的小船以及年轻夫妇乘坐的小艇。我们把船停靠在岸边，特意去摘了些山葡萄的红叶便返回了旅馆。

下午，我写了几张明信片，从旅馆正门走到车站附近寄了出去。穿着木屐踏着软软的沙地，走在两边长满茂盛芦苇、水草的海湾便桥上，透过已经染上秋色的桦树、楢树、槭木等的枝梢，时不时可以看到驹岳红色的山头，显得十分凄美，顿时全身心都感受到了北海道的气息。

傍晚，我们来到旅馆的庭院稍向沼泽突出的岬角，妻子便坐在石头上画起了驹岳以作留念。我和鹤子看了一会儿，便去附近的树林里折了些花草。秋天的太阳很快便落下了山，在夕阳的余晖下，原本闪着红光的驹岳的山峰已变成灰色，眼前的小岛也由紫转为深蓝。妻子还未停下手中的笔。天色黯淡，水光银白。时不时听到“啪嚓”一声，原来是鱼儿在水中跳跃。岸边的树林里，已经归巢的鸟儿突然受到惊吓又拍着翅膀飞了出来。还有蚊蚋嗡嗡的叫声。

“还是不行。”

只见妻子盖上画箱站了起来。我蹲下来背起鹤子，感觉背在后面的手指尖冰凉。原来已经降下了露水。

拼命

昨天夜里听到了一阵激烈的犬吠。

早晨起床一看，后院梧桐树下躺着一条狗。起初我以为它睡着了，但后来却发现它已经死了。这是一只形似狐狸的小型犬，以前经常跑到我家里来勾搭母狗，看样子是被我家的公狗咬死的。

听住在后院房里的A君说，昨天夜里这只狗跑来找母狗，结果被我家的公狗追到后院的廊下。我家的公狗咬着它的腿往外拖，之后又咬着它的睾丸使劲儿地把它摔在地上。A君费尽力气想把它们俩拉开，可公狗却死活咬着不松口。

这一带母狗较少，一到春秋季节的交配期，就有很多公狗奔着我们家猫一般大小的母狗而来。其中有白色的、黑色的、斑点的虎狗，也有短毛大猎犬、西班牙猎狗等，总之，美的、丑的、形形色色无奇不有。到去年春天为止，公狗也曾是其追随者之一。但它凭借自身的强悍凶猛，赶走了其他的竞争者，理所当然地当了上门女婿。现在它已是母狗的正牌夫婿，只要是在它的视听范围内，它绝对不允许任何公狗踏进宅院半步。一旦察觉有其他公狗的踪迹，它便勃然变色，穷追猛打。同时还不断地发出痛苦的悲鸣，宛如是对同为四足动物的怨恨，同时又包含着恨不得将之一口吞下的悲愤之情。而这个时候母狗也会从旁跳出来汪汪地狂吠几声然后跑开，仿佛是在给自己的夫婿加油助阵。

我家起初养了一条名叫小白的公狗，由于它胆小怕事，每逢交配期，便被其他狗咬得遍体鳞伤。而现在这条公狗则十分强悍，很少败给对手。可它一边悲鸣一边追逐公狗时的声音却着实让人怜悯，听着让人十分痛苦。弱者原本就很痛苦，而强者也同样痛苦。生物皆如此。有时纵然豁上自己的性命，也要延续自己的生命，想想真是令人心酸，可这终归是自然规律。

对此，都都逸氏曾说过这样一段话，“色字和命字中都有一个‘i’，也就是说要为恋爱这种事拼命。这不是儿戏，繁殖就要拼命，同时也会拼命地嫉妒。”

看着这只为了繁殖拼命闯进来，最终却一命呜呼的无名狗，我不禁心生怜悯，于是，将它埋在了榉树下面。而我家的公狗则把头放在前伸着的两只爪子上，远远地若无其事地看着我在忙碌。

两个小时后，我出门去上高井户办点儿事。走到八幡的斜坡时，突然感觉身后似乎有什么在蹭我的小腿肚子。我回头一看，原来是只鸟山的天狗犬，在用前爪轻轻地扒拉着以引起我的注意。这只狗体形不大，长着一双凹陷光亮的圆眼，一脸凶相。即使是初生牛犊不怕虎的鹤子第一次看到它时，也被吓得哇哇直哭。小白还在的时候，这只狗就常常欺负它，还诱惑小白和它一起咬死了隔壁家的猫，最后就置之不管了，也就是说它是小白的敌人。而作为小白的主人，我十分痛恨这条狗，常常想着把它杀掉。在我家公狗来之前，这条狗也曾经是我家母狗的追求者之一。为了赢得母狗的欢心，它竟然跑来巴结讨好其主人！在我去高井户的途中，它可怜兮兮地一直跟在我后面，还时不时满脸委屈地盯着我看。

由于天狗犬一向惧怕我家的公狗，所以当我快到家时它就没有继续跟来。送走了母狗的主人，它便悄然地等在柞树下的岔道旁。

又

前些日子，角谷突然失踪了。他的家人曾经恳请我说，如果见到他的话，一定要把他留住。如今终于有了他的消息。据说十八号那天夜里，他在大森停车场附近卧轨自杀了。

那个老实巴交的角谷，年仅十九岁，那么规规矩矩的一个孩子怎么就……我一时间脑子里一片空白，可这也只能说明我的无知与浅薄。

角谷十三四岁便背井离乡来到东京，投靠在一个亲戚那里，在一家书店当学徒。“美的百姓”准备出版《寄生木》时，角谷曾因为校稿，骑着自行车在银座和粕谷之间往返奔波了几十趟。每当我确认校正时，他就会陪着我四岁的女儿游戏玩耍。因为是农家出身，他时不时还会帮我锄锄地。可要是我说让他帮忙标注假名，他便抓耳挠腮，支支吾吾地畏缩不前了。如此一来，这个浓眉大眼，有着农家人强壮的体格却面色苍白，认真本分偶尔又会一反常态的十七岁的青年和我们一家成为亲密的朋友。角谷会自掏腰包为我女儿买一些小人书之类的。有一次，我们一家三口在日本桥坐电车，可电车满员，正犯难的时候，恰好看到角谷骑自行车路过。听说后他便把自行车存在熟人的店里，一路背着我女儿一直走到了新桥。去年夏天休假时，他还特意从富士山顶寄来了明信片。

当收到那张写着“如果见到角谷的话，请一定帮我留住他”的明信片时，我虽然略微感到了一丝蹊跷，可万万没想到角谷会轻生。

据说按照惯例，角谷从十二日起请了三天夏休假。于是十一日他便去银行取出了所有的存款，共一百二十日元。他的桌子抽屉里有一封遗书，是写给在同一家书店工作的堂兄的。其中写道：“我将结束自己十九岁的生命，回到父亲的身边（父亲前年在老家去世）。但心中觉得这样做愧对店主人，所以请你代为转述。我的行李请寄给我住在北海道的母亲，这里留有五日元的运费。如若不够的话，一位同店的店员欠我七十二钱，就算上那些一起付了吧。”

十二日，角谷等到店长来上班，向他告辞后便去麻布拜访了伯父，之后还到二楼睡了一个半小时左右。起床后他去日比谷拍了照片，预付了将照片邮寄到店主、伯父、家里的哥哥以及北海道的妈妈那里的邮费。接着他去了浅草，在浅草公园的铭酒屋里玩了一会儿，还和同为农村出身的女招待员开玩笑说要玩玩储蓄债券。而他这些有关浅草、吉原的信息都是从装订工厂的工人们那里听说的。

角谷的行踪到此便戛然而止。随后一周他又是在哪里如何茫然地走完人生的最后一程便无从得知了。

十八日晚八点多，从神户开往新桥的快车在经由角谷主人住处附近的大森时轧死了一名男子。死者的腿部断裂，脸部也血肉模糊，可光看那对浓眉就知道是角谷。他离开店里时穿着白底蓝花纹的棉布衫，尸体却身着藏青碎白花纹的衣服。他取出了所有的存款，可最后钱包里就只剩下一钱五厘。脚上穿着橡胶人字拖，之前角谷就一直嚷着想要一双这样的鞋。

角谷自杀前有好长一段时间都在念叨要死要活的。同店的其他店员便笑话他说："没有人说死就死的"，"哪里有人拼命攒钱还要死的"。他也半开玩笑地说过："那就死前把钱花光。"角谷是个手巧的人，无论是书籍装箱还是打包行李，他都很在行。他还常常抱怨说要是成为一个手艺人该多好啊。

角谷那个时候十九岁，他工作的那家书店里有信奉耶稣的传统，所以他每天晚上也得参加家庭祈祷会，其实对此他是十分厌恶的。他的书箱里放着《春色梅历》，还有莫泊桑的短篇集。

说到这里，谜底行将自行解开了。

这不禁让人想到Frank Wedekind所作《春的觉醒》中的主人公——莫里茨。

夜里，铜花金龟子拼命地朝着灯火飞扑而来。"砰砰砰"不断地撞击着拉门，那声音有如飞石的撞击声一般。我于是伸手将它们抓来放进瓶子里，不一会儿，就装了满满一苏打水瓶。

公狗“刑警”之死

昨日因为邻村有熟人结婚,于是我暂且放下手头《蚯蚓的戏言》的校对工作,带着鹤子一同去出席了喜宴。当夜幕降临正准备回家时,打着灯笼来迎接我们的女仆告诉我说,家里的公狗“刑警”方才在甲州街道被车轧了。今天早晨我打开里屋滑窗时,还看到它趴在草地上,不停地朝我摇着尾巴。当我打开书斋的滑窗时,它便起身两只爪子扒在窗台上,任凭我抚摸它的头,开心地把尾巴摇来摇去。直到正午时候,我还听到屋后面的柞树林里传来它的叫声。它是什么时候跑到甲州街道,最终还落了这么一个悲惨的结局呢?

这段时间,“刑警”的体力已经大不如前了。多年来,“刑警”作为母狗的上门女婿一直尽职尽责。可去年秋天,村里有人养了一只十分凶猛的白狗,“刑警”曾和它咬过一仗,但不幸败下阵来,还被其抢占了母狗。打那以后它看上去明显地衰老了许多。也不知是否为了泄愤,它不知道从哪里带回来一只怀着崽儿的母狗。即便我再怎么喜欢狗,养两只母狗还是有些吃力。于是我便多次想把这只母狗赶出家门，可很快它就自己又跑了回来。后来，也就是两周前，我终于拜托街坊，特意坐火车把它丢弃到了八王子。打从那天起，“刑警”每天晚上倒是回来，但白天似乎都在到处找寻那只母狗。可怎么找也找不到。看着它垂头丧气的样子，我不由得觉得十分可笑。或许就是因为这个缘故，才酿成了这场车祸吧。如此说来，“刑警”就是被我无情地剥夺了自己心爱的母狗之后，不幸身亡的。

“刑警”出生于幡之谷的阪川牛奶店，从小就没有受到任何精心的呵护。就连名字也是换来换去。后来好不容易遇到一家房东，还给它上了户口。可到了交配期，它便总是不沾家，最终被扫地出门，沦落为甲州街道的一只流浪狗。总之，它受到过宠爱也被虐待过。直到遇见我们一家，才终能结下主仆良缘。我们一家人十分喜爱狗，“刑警”来到这里也已经两年了。然而，由于它曾经到处流浪，所以自然无法像我们自小养大的母狗一般。它即便跟我一道外出，也经常会中途改变主意自己跑去闲逛，这让我十分恼火。也许是公狗的缘故，它总是不沾家，还动不动就跑到之前的主人家，甚至去有过一饭之恩的人家去溜达。它犯了错误遭到训斥后，经常会马上逃到甲州街道。可是对于我们一家，它却莫名地喜欢亲近。即使我伸手要打它，它也是缩着四只爪子躺倒，伸着头心甘情愿地接受。看它如此温顺，我自然也下不了手。或许是因为之前长期在外流浪，经常挨饿的缘故，一看到食物，它便贪婪地流着口水。这让我突然想起文豪约翰的一则趣闻。据说他年轻时经受过贫苦，即便后来有了一定的地位，每逢吃东西的时候，额上总会暴出青筋，满脸是汗，像狗一般地狼吞虎咽。想到这里我便会对它心生怜悯。除此之外，如若是给它饼它也不轻易吃，它会一直盯着主人，好像在问就这么点儿吗？于是，一次扔给它三块，然后两手张开暗示它没有了。它这才心安理得地一口衔起三块饼，跑到草地上慢慢享用。“刑警”流浪时养成的毛病也是一点儿没改。虽说之前的小白确实给它制造了一些麻烦，可它也到处捉鸡，一而再再而三地惹了不少麻烦。去年秋天它几乎不怎么沾家，一时间我便也没有了这方面的烦恼，同时也考虑着要不要将它扫地出门。谁知之后它又一如既往地乖乖待在家里，直到最后死在这里。

今早，一个有交情的车夫扛回了“刑警”的尸首。它的尸体早已冰凉，眼睛微微睁开，未见一丝血迹，只有鼻尖沾了些许的尘土。据当时目睹整个经过的人说，昨天它跑去甲州街道的租地边闲转，到了傍晚，有一辆车从玉川方向驶来，只见公狗突然追上去狂叫不止。也许是不小心被车轮撞到，只见它骨碌碌滚了几圈。而汽车头也不回地朝着东京方向奔驰而去。当时有人看到了觉得它可怜，便赶忙带它去了水天宫，还给它喝了神水，但最终也无济于事。

我在鸡栏里的水草树旁挖了一个深坑，用草席将“刑警”的尸体卷好，把它安葬了。

汲水

首先让人很失望的是我居住的村子与玉川相隔甚远。而眼前让人煞是苦恼的便是井水的水质极差。

我家的水井距离后门也就寥寥数步，房顶是用麦秆所葺，已经破烂不堪，覆盖着过道和水井。打水用的吊桶是那种桶口较细的水桶，由于铁轮有些磨损，所以绳索经常会滑落。吊桶也只有一头有，另一端则绑在屋顶的柱子上。打上来的水多半带有泥腥味，抛锚下去一测，水深还不到一尺，也许是缺水的缘故吧。

我搬家过来的第二天，就有位同是信徒的朋友前来帮忙淘过井。当时他捞上来些锅盖、旧毛巾、茶碗碎片等废弃物，这样井底才得以清理，水量也有所增加，但依然有沉淀的红土。我的那位朋友一向不拘小节，但对此事却无法释怀。无奈跑到邻居家借水来用，不过仍然夹杂着沉淀的红土。妻子又跑到住在墓地对面的一户人家，可到井边一看发现里面竟满是垃圾、虫子，皱了皱眉头只好空手而归。路过对面邻居家时，那家的儿子一个劲儿吹嘘说他家的水好，说就连以前行军演习时的士兵也是赞不绝口。可那也是因为他从小就一直喝自家水喝习惯了，其实也不见得是什么好水。

生活用水暂且可以应付，但饮用水就得另想别的办法了。

离我家五百多米远的西边有一条品川河，是玉川上游的分支，水量较小。虽说是专用于品川地区的灌溉，但附近的村民却经常早上去那里洗脸，甚至还有洗尿布、刷粪桶的。如果能尽早打到水的话也许能避免污染，于是身为一家之主的我便承担起打水的重任。一大早爬起来，我双手抓起水桶和吊桶便动身了。一路上，我踏着寒霜来到河边，遇到同村一个一大早练剑归来的年轻人问我："很冷吧？"

我先在河里洗了把脸，然后撩起衣服，用冷水擦洗了一下自己的腰部，洗完之后便把衣服放下来。随后，我将水桶和吊桶一股脑儿扔进河里，等灌满两桶水后，便用力将水桶提了上来。当我提着两桶水往家走的时候，最初的一百米，可以一路小跑。但之后就感觉撑不住了，便放下水桶稍事休息。如此这般，到家时水桶里的水也洒得只剩七成了。于是，我之后再去打水的时候，便改为每走五十米休息一次，可到家一看，水桶里的水有时就只剩了一半，且累得双臂就如同脱了臼似的疼。如此打回来的水，在妻子和女佣看来，堪比金浆玉醴，所以用得也十分仔细。

由于手臂酸痛难忍，去东京时，我便在涩谷道玄坂顺手买了一根扁担回来。回家的路上不巧与山路爱山君撞个正着，他看到我扛着扁担，便揶揄我说："先生这是要践行理想啊。"从第二天早晨开始，我便把水桶和吊桶挂在扁担两头，踏上了挑水之行。按理说用扁担挑要比用双手提轻松一些，可我的腰和肩膀却不听使唤。我用肩膀挑起扁担，费了九牛二虎之力刚站起来，脚底下却乱了方寸，踉踉跄跄，感觉膝盖似乎要被压折似的。我好不容易立定脚跟，扁担的重量却压得我腰驼背弯。无奈一时间我也只能保持这种姿势，索性迈开步子，可没走十几步，我便感到上气不接下气，忍无可忍地一屁股坐到了地上，扁担瞬间被甩了出去。这倒不打紧，但好不容易挑来的水也洒了一地。我放下扁担的时候已然觉得很是费力，要再次挑起来则更是难上加难。在冰雪严霜的早晨，仅仅走了二百米的路程，我已经是汗流浃背。我大口地喘着粗气，心跳加速，感觉从脊髓到头部都僵硬起来，浑身冒着热气，两眼发黑头发晕。等我到厨房卸下扁担时，便感到一阵眩晕，连话也说不出来了。

刚挑了一天水，我的右肩就肿了起来。于是第二天我便换用左肩来挑。虽说不大方便，但也好过酸痛的右肩。但第二天挑完水，我的左肩也肿了起来，左右两边各一个包，宛如骆驼一般。睡梦里也感到肩膀疼痛难忍，想到第二天还要挑水，我便十分痛恨早晨的来临。妻子不忍，特意为我缝制了一个肩垫，我只好垫在扁担下就又出发了。虽说感觉舒服了些，但仍不免疼痛。因此，我的乡村生活也变得令人失望。原本也不是应人所求，况且也无人喝彩，于是我私底下常常抱怨为何要不辞辛苦干这种苦差！然而，为生活所迫，即便心生不悦每天早上我还是要例行公事。如此几番，我也日渐习惯了。肩膀只是隐隐作痛，腰部也开始能用得上力气，竟也能做到不把水洒出来了。

可一想到如此一来，要到何时才是尽头？于是，大致过了一个多月之后，我便找人来大规模地淘井。先是红土，接着是黏土，再然后就是沙子，一直挖到一丈多深，才冒出了香甜透亮的清水，流得井栏到处都是。当听到井底深处潺潺流水的声音时，我不禁长出了一口气，心中暗喜，终于可以告别挑水的苦难之旅了！但同时，我也不免扼腕叹息。

津轻

我们在青森住了一晚，十月六日一大早便去了弘前。

现如今正是津轻苹果成熟的季节。从弘前城中经过时，我看到无论是背着竹筐的津轻女人，还是脚踩草鞋牵着炭马的津轻男人，都边走边吃着苹果。我来到代官町一家名为“大一”的店铺，只见宽敞的店里到处堆满了装苹果的箱子以及锯屑，还有正在打包的男男女女忙得热火朝天。于是，我在那里定了两箱苹果，让他们直接发往东京。

穿过古老的士族街、新兴的商业街以及近郊破烂的街道，过了岩木川，我便朝着城北四公里的板柳村出发了。此时的岩木山还没有下雪，在十月阳光的照耀下，满山都是桔梗花，山周围种满了庄稼，已是一片秋色。一路走过种着黄叶榅桲树的村落，以及叶子发红的红苹果园。走了约莫两个小时，度过岩木川的长桥，终于来到田舍町的板柳村，只见这里房舍整齐，家家户户日子都过得红红火火。

板柳村的Y君负责看管苹果园，同时因为爱好文艺，闲来还常常唱一些新潮歌曲，之前还去粕谷的茅屋唱过两次。我们在Y君家借宿了一晚。在那儿我们看到了“文展”上广为流传的不折的油画——“制陶”，以及曾巡展三千里后逗留于此的碧梧桐的“花苹果”匾额。除此之外还欣赏了子规、碧梧桐、虚子的和歌手稿以及与谢野夫妇在竹柏社中的手稿等。在一家苹果园里，我看到筛选后被淘汰的苹果扔得到处都是，还品尝了各种各样的苹果。晚上Y君带我见了村里的几个朋友。我把透纳的水彩画贴送给了Y君，并在扉页随手写下了两句拙劣的小诗：

苹果红、榅桲黄

与君相逢岩木山

次日早晨，我们同前一天晚上见到的朋友们一一告别之后，离开了板柳村，在Y君的陪同下火速赶往舞鹤城。站在身穿盔甲的津轻家祖先的铜像前时，我不由得再次回首眺望岩木山，拍了照片后便匆匆忙忙地赶往车站。Y君一直送我们到大鳄后，就此别过。接下来我们又踏上了火车之旅，经由秋田、米泽、福岛最后回到了家里。

堀川

一

听着留声机里播放着已经不知道听过多少遍的鸟居山，我一边翻阅着报纸。报纸上说今晚本乡中央会堂将会上演吕升的“堀川”，我还从未亲耳听过吕升现场版的“堀川”。据说她最近嗓子不大好正在治疗，也不知情况如何。再加上好奇心的驱使，午后我便独自一人步行前往荻洼车站。

我们家的狗爸爸也尾随而来，狗妈妈因为昨晚刚产下小狗崽，只送我到邻居家的门口，便蛮不情愿地回去了。自清晨便下起的小雨已经雨过天晴，太阳也出来了。但道路仍十分泥泞。由于插秧的季节迫近，稻田里都灌满了温乎乎的水， 到处都是乡土演奏家青蛙的叫声。我穿过甲州街道一直向北走，只见眼前的田野上，大麦早已收割，小麦稍稍泛黄，马铃薯、红薯、地肤等把这黑色的大地装点得五颜六色。田间还有东京电力的电线杆，背负着两条粗粗的电线自西向东北延伸而去，电线杆上涂成红色的部分，上面大大地赫然写着黑色的“危险”、“注意”。我心思，既然知道如此危险，为何又要将这电线架在百姓头顶，而不埋在地下呢？

由于玉川上游常有人投河自尽，因此那里的桥旁供奉着一座舍利子塔。我过了桥下到水田，然后再爬上一个坡，从松友的杉树林中穿行而过。此处的杉树林确实值得一看。杉树的躯干笔直，且上下粗细均匀，直冲云霄，因此适合用于制作桅杆、电线杆以及用来挂鲤鱼旗的竿子。电灯公司打算横贯整个杉树林架设更多的电线，并表示愿出资一万日元。对此，松友的东家表示拒绝，这一直以来都是个棘手的问题。

忽然间，雨噼里啪啦地下了起来。我随身并未携带雨伞，因此只好拄着拐杖，望了望晴雨不定的天空继续前行。穿过田无街道就到了荻洼车站。

我坐火车到了中野换乘电车，在御茶水站下车后，便直奔本乡中央会堂而去。

二

举办这场慈善演出不知事出何因，但放眼望去，中央会堂基本上已是高朋满座。舞台之上，一个风姿绰约、身着窄袖衣服的少年在弹奏萨摩琵琶。随后出场表演的是吕升的弟子朝颜日记濱松小屋，他还是个彻彻底底的孩子。之后是三曲合奏《熊野》。只见琴、三玄凭椅而靠，看着不禁让人担心，想来弹奏起来也不简单吧。合奏结束后便是中场休息。

九点二十分左右，吕升上场了。她首先来到贴金围屏前的乐谱架前，向观众行礼致意。与她一起合奏的是她的弟子升华。他们二人穿着般配的白底粗黑横纹的衣服。

我初次听吕升唱《中将姬》是在有乐剧场，而今天的她看上去比那时显得年轻一些。场内座无虚席。无论是秃了顶的看似投机商模样的商人，身着潇洒服装的年轻绅士，还是打扮清凉的女学生都是她的忠实听众。时不时地还有人高声叫好，随之就是阵阵笑声。

吕升熟练地拿起三弦琴，摆好姿势，便开始了表演。虽然听说她嗓子受伤正在接受治疗，但音色依然很好。只听她稍稍调整了一下嗓音，一进入状态还是那么悦耳动听。

随着吕升精彩的表演，我眼前似乎看到了灯火通明的神祇园町的夜晚，线香袅袅的鸟边山，年龄分别为二十一和十七岁，身着黑色、紫色衣服的俊男美女伴着吕升的歌声在眼前翩然起舞。

阿俊的那一段更是精彩。无论是演绎堀川中的阿俊、酒屋的阿园，抑或是壶坂的阿里时，吕升都把自己的感情完全地融入其中。基于同为京都女人，且具备同样气质的背景，艺术和人的完美结合也得以实现。那么，如此美妙的声音勾勒出的美丽女性形象，对于那些台下观看表演的女孩子来说，又会留下什么样的印象呢？我四处观望，发现旁边的椅子上并排坐着的三个女学生十分惹眼。她们看上去大概十八九岁的样子，个个穿戴整洁。其中两人静静地出神地看着吕升的表演，另外一个戴着金丝眼镜的女孩子目中饱含着热泪。看来无论是过往那单纯的年代，还是纷繁复杂的现如今，对于最根本的人之常情的理解是不曾改变的。所谓“唯真故新”，即便是古老的艺术也可以用一种新的方式去解读。

随后表演的剧目是《耍猴》。这原本并非吕升的风格，演奏者的水平也很差劲儿，因此，我颇感无趣。我这样想着，十几年前歌舞伎剧场的景象便突然浮现在了眼前。那时，现已是故人的菊五郎扮演的与次郎戴着假发，手拿一根拐杖，不厌其烦地耍着猴子。只见他又是指示猴子站起来，又是让它鞠躬。如此任由自己发挥完全破坏了舞台感。而现如今扮演阿俊的梅幸荣三郎，姣好的面庞上不见泪水，反倒看着要笑的样子。已故的片市还有菊之助分别饰演的老婆婆和传兵卫，个个都演绎得惟妙惟肖。我就十分喜欢菊之助，他一直认真努力，他所追求的艺术既充满了朝气且出类拔萃。凡是自己扮演的角色，他都全神贯注地投身其中。在《堀川》这出耍猴的戏中，扮演的传兵卫最为传神的则当数菊之助了。而现如今他已经离开了这个世界，片市、菊五郎亦是如此。

一阵暴风雨般的掌声打断了我的回忆。我回过神来时，舞台上吕升和升华已经在谢幕了。

三

十点十五分，演出结束了。我一出门，发现外面又滴滴答答地下起了雨。于是我去买了雨伞和手电筒的电池，便乘坐电车前往新宿。我在岔道口下车，过了停车场前面的陆桥，看到那里停着一辆车，我便直接坐了上去。车夫轻快地拉着车便出发了。出了新町，甲州街道到处黑漆漆的，四周万籁俱寂。看样子雨下得很大，路况也十分糟糕。

“先生您可不轻啊，体重在七十五公斤以上吧？”

“是啊，都是因为太懒了啊。”

“嗯，是啊，做一些剧烈运动就不会胖了。您瞧瞧我，还不到五十三公斤。”

车夫告诉我说他是市川人，父母双亡，老家的房产给了哥哥，自己现在住在十二社，三元五十钱租了两间小房子。他有四个孩子，大儿子今年十三岁，妻子做一些加工麻纱的副业。

“所以，我得拼命工作挣钱，根本没什么时间玩的。”

我在鸟山山口下了车，付过钱便朝南走去。

这时，雨已经停了。借着手电筒的灯光，我穿过黑漆漆的草丛，来到了水田。夜里田里的水依旧白亮亮的。蛙声阵阵如雨声。不经意间我看到东边天空一片通红，那是倒映在东京上空的灯火，忽近忽远。感觉就像是二百万生灵的一呼一吸都变成了火苗。水田尽头有条小河。我忽然看见一道绿光闪过，正思量着便不见了，原来是萤火虫。我走到天地的尽头时，又见南边的天空也是一片通红，那应该是横滨的灯火吧，显然没有东京那般辉煌。周围的村落都静寂地沉睡在黑暗中，而城市却像遭到侵袭一般到处弥漫着烟火的气息。

良宵

今夜正值阴历七月十五，恰逢良宵。月光如水，夜风清凉。

搁下手中之笔，起身推开栅栏门，在院内走了十五六步，来到一棵蓊蓊郁郁的大栗树下，树荫下有一口水井。虫鸣声声,阵阵凉气,在暗夜中隐隐浮动。银白色的水滴“啪嗒”一声从井壁上滑落，定是方才有人汲水而去吧。

信步来到地头，伫立田间。抬眼望去，只见月亮已远离那一大片竹林上空，月光如水银泻地般覆盖着苍穹，猛然间让人感觉如置身水中。星光黯淡，远处冰川一带的森林浅淡如烟。我一个人静静地站着，身旁的桑叶、玉米叶在月光下泛着青光。微风过处，棕榈叶沙沙作响，仿佛是向月亮低声倾诉。我所至之处，露珠轻轻地滑落草叶，鸣叫的虫儿四散而去。远处草丛中传来清脆的鸟鸣声，如此皓空明月，想来它们也无法入眠吧。

地势开阔处，只见月光如流水般洒落树下，宛如青翠的雨滴。我掉转头回家，透过树荫，只见灯光摇曳，寒凉的夜里，传来阵阵低语。

我关上栅栏门，蹲坐在廊檐下时，十时已过。周围寂静一片，只有月亮挂在头顶。眼前满院的月影犹如梦境，让人不禁感慨万千。

月光静静地洒落在庭院里的树上，树影婆娑。光影交错，斑斑驳驳。八角金盘在月光的映照下，在廊上落下一个硕大的宛如枫叶的影子。月光柔滑似水地泻在叶子上，乍看宛然一把碧玉扇，上面还有栗树落下的斑驳黑影。

每当微风拂过，满院的月光、树影相拥起舞，黑白相映交错。散步于此，突然间感觉自己变成了畅游嬉戏在无热池里海藻间的鱼儿。

两个幻影

今日北风凛冽，是个充满冬天气息的一天。

然而，在东京附近议论冬天似乎有些荒唐可笑。这里即便再冷，也不至于到处都是一片雪白。但凡是有阳光且避风的地方，即便三九隆冬也能看到绿油油的小松菜。到了二月，在悬崖的背阴处看到盛开的紫罗兰、蒲公英也并不足为奇。

只有去了北方才能体味冬天的感觉。至少是要去像奥州、北海道、桦太乃至俄国大陆、西伯利亚之类的地方，才能真正体味冬天的乐趣。东京附近的冬天，最多也就是半生半死，完全无法让人体味到秋天将逝、冬天一刻刻逼近的恐怖以及那种濒临死亡的绝望和悲哀。只有在冬天意味着真正死亡的地方，才能让人更加了解那暮秋的寂寥以及春天复苏的喜悦。

你听那俄罗斯老农的祈祷——“神啊，感谢你让我看到这个春天。”想必这份心情是东京一带的人们很难体会的。

无论我们是否愿意，我们都无从选择地要受到环境的支配。而这就是我们这个国家所有的事情都搞不透彻的原因所在。

午后散步，只见大家在水田里欢天喜地地割着晚稻。

船桥与青山街道相隔十四五步处能看到甲斐山。只见东京方向有两辆车朝这边驶来。是那种胶皮轮胎的车，非常漂亮。于是路两旁割稻的人们也停下手中的活儿，目不转睛地盯着看。我索性拿起随身携带的望远镜。前面透明车篷里坐着两个年轻美丽的女子，梳着椭圆形发髻，面涂白粉。后面的车里坐着一个乳母，身穿漂亮的友禅绸，怀抱一个小女孩。车篷的架子上还挂着些玩具之类的。今天是十一月十五日——“七五三”节。看样子她们是去东京参拜神社刚回来。两个穿着白色号衣的车夫轻盈地拉着车子上了缓坡。我突然察觉到有个影子在逼近我站立的地方。回头一看是一个老太婆。只见她双眼通红，米槠子儿般大的鼻子歪向右边。脖子上挂一个小包袱，趿拉着一双草鞋。我吃了一惊赶忙给她让路，生怕她再问我什么。结果她用那双发红的眼睛瞅了我一眼，便从我身边走了过去，不一会儿便消失在杂木山中。

我琢磨着刚刚从眼前闪过的两个幻影，思考着其中的含义，也忘了看山，径直向水田方向走了下去。

---

① 七五三：男孩三岁和五岁、女孩七岁这一年的十一月十五日，穿着和服和木屐去神社参拜。

留声机

以前我并不喜欢听留声机，但近来太过无聊，于是我便买来一台无喇叭的小型留声机。它的音质尚可，无论是吕升、大隈、加贺、宝生，抑或是哥泽、追分的作品，每首播放出来，倒也美妙动听。

由于附近一带比较安静，即使关紧大门，四面仍是余音袅袅。如此一来大家便知道我家有台留声机。于是，过年时我便邀请村里四十多名年轻人前来欣赏歌曲。接着我又邀请了平日里承蒙照顾的耶稣信徒们的家属，后来还邀请了以前总是来我家帮忙干农活的邻村的年轻人。今晚邀请的是村里的妇女们。不过由于连日来阴雨连绵，我正思量着可能无人前来的时候，便看到陆陆续续有十几人撑着伞朝我家走来。

妻子、鹤子还有寄居在我家的姑娘都去接待客人了。

于是我便坐在堂屋的火炉旁看书，耳边时不时会从客厅传来喧哗声。每一曲结束之后，必能听到一些赞美之词，还会有阵阵的笑声。就这样两个小时过去了，这时妻子便送了茶点过去。

不久便听到好像有人在絮絮叨叨地说话，同时还传来阵阵洪亮的歌声。

我蹑手蹑脚地顺着走廊向客厅走去，来到拉门外停了下来。仔细一听，果然不是留声机里传出的声音，是住在水田对面的阿琴婆婆在唱歌。

阿琴婆婆可是余间十分有特点的一个人物。她信奉神道大成教，是个忠诚的信徒。她家里虽然不大，但却供着个祠堂，到现在她还在往身上洒水净身。除此之外，她每天早上嘴里都念念有词，祈祷天下太平，国土平安，五谷丰登，消灾长寿。她不是在这个村子出生的，据说是一个武士和一个艺伎所生。也不知道她的勇气何来，之前她丈夫因患了严重的脚气病以至于最后脚气攻心，奄奄一息。阿琴婆婆便豁出命地祈祷，最后据说收到了神的指示，说再给她丈夫九年阳寿。果然，从那以后，她丈夫的病情也日渐好转，真的又活了九年。而如今她已是一个老太婆了，脸色苍白，颧骨突出，目光尖利，说起话来声音嘶哑干涩。她总是习惯性地用郑重其事的口吻跟别人打招呼，类似于武士式的问候。今天一大早，她拿来两个当季少有的竹笋，说是作为前日邀请她来听歌的回礼。

只听阿琴婆婆唱起了自编的祝词："德富君邀请众人去他家玩……在这里祝愿好心的德富家更加兴旺……前面是万宝箱，右边是宝船……"云云。

站在拉门外边，我瞬间直冒冷汗。于是又蹑着脚悄悄地回到了堂屋。歌声还在继续，可阿琴婆婆那抱怨般的声音依然萦绕在我的耳边。

绿花

每逢有人问我最喜欢哪种颜色时,我总会一时语塞，因为我对色彩的爱好非常广泛。

举例来说，我希望自己的坟墓是灰色的，而说起外套的话，我喜欢冬杉的颜色。另外，我喜欢落叶松的翠绿色，它让人不禁联想起十四五岁的少年。还有那吮吸了足够春雨，稍带紫色的泥土的黑色；恰如少女脸庞的樱红色；枇杷、香蕉的暖黄色，柠檬、月见草的冷黄色。让人眼前不禁浮现闪着银色翅膀的飞鱼在热带海洋中跳跃的宝石蓝；还有时而有如红叶般缤纷，时而又有如阳光照进水底，万道金丝沉入深潭般精致的祖母绿；绽放在波浪此起彼伏的岩石背后的银莲花的淡红；红玫瑰、红罂粟那胜似红天鹅绒般的绯红；数九隆冬里北风呼啸而过时原野的黄褐色；春天的乐师——黄莺那满身的茶绿色；和平之鸟——鸽子所独具的蓝灰色；不论是高山的傍晚、得道高僧身上的行装，还是水晶都不可或缺的紫色；还有那不论是浪花、初秋空中的云朵、满山的冰雪寒霜，还是大理石、桦木皮、北极熊的皮毛都会有的各种各样的白色。总之，这种种细数不尽的颜色，我都无一例外地喜爱。

如果一定要选择其中之一的话，我应该会选择绿色。从春天原野那三尺小河中或有或无的淡绿，到在深山溪谷间静静流淌的深潭般的青碧。总之，所有的绿色中，只有那一抹鲜明的深绿才能让我怦然心动。

细论起高山植物类中的花朵，我则没有夸夸而谈的资格。不论是花园种植，还是原野、山中生长的花朵之中，绿色都十分招人喜爱。例如西洋花草中，山梗菜、雪光花都有绿色的，非常漂亮。春龙胆、勿忘我等也十分可爱。另外像绣球花、溪荪，以及花菖蒲都有绿色的，只是颜色稍显不纯。秋天一到，还有龙胆。曾有位身着牧师长袍的诗人来到我们村庄游玩，看到路边开放的龙胆，信手采下一朵仔细端详，不禁触景生情，直道是“青空一片落尘世”。露珠未干便绽放的牵牛花更是以绿为主色调。除此之外，夏天的时候还有矢车菊，颜色深蓝，花形独特，有一种夏天的清凉感觉。但是因为是外来品种，不大适合在本土栽种。而这些都是园内种植的花。还有一种叫作corn flower的外国花，长在麦地里，夹杂着麦子，开着金黄色的花。七年前的六月三十日，我曾经一大早乘坐当地人的马车，从俄国中部的茨克诺车站出发，前往俄国诗人托尔斯泰的家乡雅斯纳亚·波里亚纳时，路过一片麦田，田里湿漉漉的，晨露未干。正值临近收割的季节，天蓝色的花夹杂在麦穗中开得到处都是。那时由于睡眠不足造成旅途劳顿，再加上就快见到托尔斯泰的那种兴奋，使我高烧不退。可当这一大片蓝色“海洋”映入我的眼帘时，我这个高烧病人却突然神清气爽，病也仿佛瞬间得以治愈。

另外，夏天还有千鸟草，又名飞燕草。它的叶子与胡萝卜相似，花朵呈千鸟飞翔状，故此得名。庭院种植的一般有白色、桃红色以及桃、紫色的条纹相间色；而野生的似乎只有浓绿色，浓绿逐渐褪去后会呈现为木槿色，最后变成紫色。一说起千鸟草， 赤塔的高原便立刻浮现在我的眼前。

那是明治三十九年我从俄罗斯回国的途中。我七月下旬从莫斯科出发，后在伊尔库茨克换乘东清铁路客车，十天后经过赤塔。远离家乡仅四个月，但走到乌拉尔东面后，列车突然间慢了下来。回想起来，在伊尔库茨克换乘时，在车厢中曾碰到一位中国和尚，令人开心。从那之后每到一站都会上来很多中国人。尤其是到了赤塔这个地方中国人更多，感觉就像到了满洲。从贝加尔湖开始，列车便一路爬坡，等过了赤塔就稍微有一些小的下坡。下坡时火车的速度很快，我顿时心情舒畅了许多。向窗外望去，满地的绿色映入眼帘，这就是野生的千鸟草。我探出头四下里张望，这才发现铁路两旁是荒无人迹的山坡，到处都是绿色的千鸟草，有的怒放着，有些略带紫色，还有含苞待放的。列车一路奔驰，迎送着数千数万朵千鸟草。我凭窗而坐，沉醉在那片色彩中，久久回不过神来。

还有一种非常漂亮的绿色花草——如露草，又名月草、紫竹梅、鸭跖草等。该花外形不怎么打眼，只有两个花瓣，乍一看不大完整，仿佛是小孩子恶作剧揪下的碎片，抑或是一只小小的碧色蝴蝶暂时驻足在此。它的花期很短，就如它的名字一般，只有露水存在的那短暂的瞬间。但它那在金黄的花蕊衬托下绽放的一朵朵清澈鲜亮的纯绿色花，可谓美到了极致。不过，若将如露草当作花就大错特错了。它不是花，而是流于色彩的露珠精华。每逢看到它那柔弱而美丽的刹那绽放，便不禁感慨这是来自天空的使者。

我们老家的村头有座无耳地藏菩萨，佛像底下开满了各种各样无名的不打眼的花，仔细一看，如露草也沐浴着晨露，睡眼惺忪地绽放其中。此时此刻，联想起有位诗人曾作诗赞美龙胆草，我也不由得诗兴大发，由衷地感慨道："如露草啊，你是天空中的雨露，从天而降化为一颗露珠；你那迷人色泽在大地上也放纵美丽。你就是大地上绽放的天之花！""哥尔利人，你们为何要仰天而立！" 我们只知道凝望蓝色的天空，在无意间却已践踏了如露草。它可是绿花中的精华啊！

麦愁

整日里我就这样坐在桌前纹丝未动。

外面眼看要下雨了，全村家家户户都在热火朝天地忙着收割麦子。只见大家一面不停地挥舞着镰刀，一面忙着往车上装满前一天收割的麦子。人人喜笑颜开，时不时传来喧闹的笑声。眼看着自己劳动的收获，大家怎可能不高兴呢！

每年一到麦收的季节，我便开始愁闷，这里姑且称之为“自家的麦愁”。我们家每年也会种些大麦和小麦，因为面积很小，而且都是雇人收割，所以很快就收拾完了。当然，我闲来无事，偶尔也会拿起连枷干干活。我们家的粮食主要是靠买，因此收成几何也根本是无所谓的事。农户们平日里过着简单而充实的生活，他们沉浸在丰收的喜悦中时，我便会感到脸上无光，开始不断地自怨自艾。我无法成为一个彻彻底底的农户，同时又不能随心所欲地进行创作。看着别人就满是羡慕，自愧不如。我把一切都归咎于自己半途而废、随心所欲的生活态度。没有办法，因为每个观众同时也是演员，然而，一个人独自欣赏又太过寂寥。

我终日苦恼。黄昏时我独自一人漫步院中，走到廊边的长凳上坐下。眼看着就要下雨了，院中开满了月见草，我久久凝望着那一朵朵浅黄色冷艳的花，仿佛那里绽放着的是满院的寂寥。

茅蜩

今年我们家的麦子，无论大麦小麦都收成不好。其中的缘故且听我细细道来。

去年秋天播种小麦时，我们家是用马粪作为基肥的。通常说来直接使用新鲜肥料不大好，但我们家也没有准备堆肥，所以，当时使用了还是从世田谷骑兵联队那里运来的新马粪。因为是部队喂养的马，因此马粪里夹杂着大量的燕麦，这是因为马吃下去的还没有完全消化。于是便给马粪里掺了些过磷酸钙进去。过了不久，麦子长出来了，但马粪里掺杂的燕麦也发芽了。于是麦子长燕麦也跟着长，燕麦的长势甚至盖过了麦子。等到一追肥，燕麦便充分地吸收养分，更是憋足了劲儿地疯长。于是乎麦田转眼间变成了一片燕麦地。虽然我还大费周章地将燕麦连根拔起，一一除掉，可麦子最终还是不敌燕麦，早已变得干瘦枯黄。肥料吃肥料，世界上诸如此类的事情不计其数。

俄国著名文学家托尔斯泰的遗著中有一部曾被英译的戏剧叫《活尸》。读过之后，给人的感觉就是托尔斯泰化的“伊诺克·阿登[1]”。虽不及《黑暗之力》那么有力，但也是部让人无法割舍的著作。

当我坐在廊下的藤椅上读着这部剧作的时候，托尔斯泰及其家人的表情便会浮现在眼前。今天是七月一号，六年前的今天，我正好就在雅斯纳亚·波里亚纳。那时阴时晴的天空，忽上忽下变幻莫测的山丘，还有那繁茂的绿色、成熟的麦田，那景致就如同今天我周围的一切。

夜幕降临，我摊在膝头的剧本上的字迹已经模糊不清了。刚下起来的细雨也悄无声息地隐入在了青色的暮霭之中。我呆呆地远眺着灰褐色的远处，忽然对面的杉树林中传来茅蜩的鸣叫声，“铃——铃——铃——”，仿佛银铃般清脆悦耳。

①《伊诺克·阿登》：英国作家丁尼生的自由体叙事长诗。

梅雨转晴

正值梅雨季节，这十来天竟无一个让人称心如意的好天气，刚擦过榻榻米的新抹布沾满了霉点，变得黑乎乎的。

今天终于一改往日的阴霾，天空晴朗如洗，到处撒满了让人惬意的阳光。知了也迫不及待地扯着嗓子在枝头鸣叫。地上落下点点树荫，一缕缕水蒸气袅袅升起。碧空万里，恰如少女的青翠的衣袖，朵朵白云在阳光下闪闪发光。我索性敞开门窗，让阳光和轻风尽情地填满房间。

一直盼着放晴的农户也雀跃不已，纷纷开始打麦子，耳边充斥着噼噼啪啪的连枷的回响，大家都忙得不亦乐乎。东边阿辰家的岩公个头虽小，但气度轩昂、仪表堂堂。只见他带头唱起歌来，“村外三间屋哟，吹来城市风哪，嘿哟，嘿哟……”歌声不绝于耳，大家也干劲十足。再看看北边的阿金家，这家人平时都寡言少语，家里唯一一个能唱几句的稻公还去当了炮兵，春子也上小学了，所以就只有老爷子、大儿子、大女儿和三儿子四个人干活。虽没有阿辰家激扬的歌声，却有大儿子音公时不时吆喝几声，给大家鼓劲加油。麦子打得也是紧张而有序。顿时东南西北各个方向都传来人们的欢呼呐喊声，让人振奋不已。

梅雨转晴，终于可以打麦子喽！

朦胧月夜

早早吃过晚饭，趁着傍晚凉爽我便起身去除草。随着夜幕降临，蚊蚋也出动了。除草回来洗完手脚，我便坐在木板窗外的廊缘边上。这时一个白色的身影倏地一下闪了进来，我仔细端详渐渐走近的身影，喊了一声："哦，是M君啊！"

来人正是M君，只见他身着夏日和服，脚踩低齿木屐。M君现在早稻田中学教书，同时还给杂志社写稿。我搬来千岁村的第二个月，M君便为了完成杂志社的采访任务走访了我们家，与我谈了谈我的新生活。当时正赶上我在种橡树苗，于是便让M君在冷冰冰的房间里足足等了两个多小时。但即便如此，他也只是静静地等着，且面无半点儿愠色。M君是个性情温厚的人。

我们再见面就是那年的夏天了。一个月色姣好的夜晚，M君穿着夏日和服，套着件外褂突然来访。他先借用綱岛梁川[①]的理念，认为不信神一切都毫无意义，包括写作也是无用之物。他还

①綱岛梁川：日本明治时期著名的宗教思想家、评论家。

诉说了心中的苦恼，随口叹息道：“像我这般禀性迟钝的人，可没有勇气抛弃一切而全身心地去信神啊。”

之后很久，他都杳无音信。时隔一年的这天夜里，他再次突然来访。

他此次前来主要是跟我聊聊他对上个月茅崎市故去的一位小说家的感想。刚开始他只是就这位已故小说家的事漫无边际地讲了许多。后来才知道他们曾是旧识，两人以前在同一个报社编辑部工作了一段时间。这位故人才华横溢，思路新颖，立意新奇，提起笔来便是妙笔生花，说起话来也是口若悬河，妙语连珠。相比之下，他则是迂腐不堪，只会像猫一样小心地蜷缩在编辑部的角落里。这位故人多少有些轻视他，而他又有几多羡慕和嫉妒，因此他们彼此之间没有机会敞开心扉。虽然近在咫尺却恍若天涯。其后两人先后离开了那家报社，分道扬镳。自此便天各一方，彼此之间也就断了联系。但是他曾一度深思过要和这位故人好好地谈一次。就在日俄战争结束的那年年底，他经历了一次心灵革命，便下定决心离开东京隐居山林。恰恰就在这个时候，一天晚上路过新桥车站时，他在熙熙攘攘的人群中与这位故人重逢。当时这位故人身着整齐的西装，头戴茶色礼帽，手拿一把细骨伞，看样子是要去外地。看到M君，这位故人一脸吃惊，他便拉故友到一个角落，两人就站在那里交谈了两分钟。他为一直以来的疏远表示歉意，并劝朋友保重，随后握握手便告别了。这次偶遇算得上是他们两人的第一次接触，同时也是最后一次碰面。

接着，我和M君聊了很多话题，从他那位故人的往事到人的生老病死，还谈到了心灵感应、精神疗法等等。

我们两人坐在草地边的长凳上聊了很久，待M君起身告辞时已近午夜十二点。

我一直把M君送到八幡下两人才依依惜别。虽说是夏天，但那晚的月亮却宛如春夜般朦胧，山谷对面的村庄仿佛笼罩上了一层轻烟，隐约可见。田间蛙声一片，似乎是在催人入梦。好一个月色朦胧的夜晚！

“请慢走，再见。”

“那我就告辞了。”

随着木屐声渐渐远去，身着白色和服的M君的身影也逐渐消失在弥漫的烟霭中。

其后我们之间便断了音讯，直到第二年，有一天我看报纸才得知，M君抛下安分守己的妻子，只身投奔了京都山科的天华香洞。时隔不久又听说他好像回到了东京，杂志上还刊载了他出家后的感想。可不多时便传来了他故去的噩耗。

为了信神他也是倾注了全力，最后也算是修成正果，了却了终身大事，于是便脱了肉皮囊而去了。

名寄

九月十九日早晨，我在神居古潭车站上了车。走进车厢，只见满车都是身披金线袈裟、紫袈裟准备去往旭川的日莲宗的和尚。我们在旭川转车然后前往名寄，从旭川往前的旅途我也是第一次。

列车先后经过了永山、比布、兰留，越往前行，窗外的风景愈显得荒凉。车上有两个人在争论着早已干涸的地里收割的是紫苏还是大麻，还有人说那是薄荷田。

不久便到了天盐、和寒、剑渊、士别一带，牧场般广漠的草地早已枯萎，到处长满了六尺多高的虎杖，黄色的一片美不胜收。这里就是所谓的泥炭地。车上的乘客都禁不住地啧啧叹惜。

我不由得放声吟诵："泥炭地上无耕作，美得虎杖一片秋。"

到士别时，我还看到一座木片屋顶的剧场，上面挂着"共乐座"的招牌。

下午三点多钟，我们终于到达了终点站名寄。去丸石旅馆放下行李，喝了一杯茶之后，我们便外出游览去了。

旭川平原在这里就如同是被压缩在天盐盆地之中，这是个新开辟的小镇，住着少许几户人家。从车站折向马路，有好几百间木片屋顶的房屋鳞次栉比。其中大多数为杂货铺，还能看到一些大型的真宗寺庙、天理教堂、清净的基督教堂等。我们在商店门前买了个甜瓜便去了天盐川。

天盐川河面宽阔，但并不太深，茶褐色的河水滔滔北去。河边有一条被铁链拴住的渡船。我们过了河前行，只见到处都是蚊蚋。于是找了一处几乎要罩住路面的七叶树树荫，坐在倒下的树干上吃起了甜瓜。那甜瓜并不很甜，看来是地道的北方品种。

暮色降临，颇有些寒意。秋天黄昏的凄凉慢慢从四面将这原本人烟稀少的小镇包围了起来。于是我们便匆匆过河回到了旅馆。只见街道正中一男子从野外骑马归来，马蹄声在名寄的空中回响。

旅馆老板是讃岐人，晚餐的女服务员是爱知人。隔壁房间刚刚从北见农场骑马回来的男子正在和客人下棋。大街上传来按摩师的笛声。

暮春

庭菖蒲又名溪荪，目下正是它的花季。那略带暗红的紫色和白色花朵，如果只是零散的几朵其实并不引人注目。然而，在正午的阳光照耀下，庭院里成千上万的花朵竞相开放时，绿绿的草地与紫色的、白色的花朵交相辉映，就宛如铺上了一条花地毯，美得无以言表。遗憾的是，几乎没有什么人前来观赏，于是我便请来平日里帮我家干活的大妈们来欣赏。

我家院子里不仅有庭菖蒲，还有芍药、蝴蝶花、玫瑰、石竹、瞿麦、虞美人草、花芥子，还有除虫菊，当它们争相怒放时，庭院里、花园里便色彩纷呈，五颜六色的花朵使得周围顿时变得鲜活起来。

麦田里，小麦在阳光的照射下已变得一片深绿。微风吹拂，耳畔传来春蝉的鸣叫，还有那苇莺的啼声以及阵阵的蛙鸣，俨然就是一个合唱团。傍晚时分，绽放在庭院里月见草散发着迷人的芬芳。

如今已是五月下旬，每逢此时，便希望能下场雨，吹点儿风，无限怀念那树荫下的日子。知了的叫声、黄澄澄的麦子、十分耀眼的绿色，无一不在宣告着炎夏的逼近。瞄一眼温度计，果然指针前所未有地指向了华氏八十度。

落叶树的叶子也都从嫩绿变成了深绿。橡树、松树、杉树、冷杉、米槠等常绿树及竹类也逐渐换去老叶子，长出鲜嫩的新叶来。一到这个时候，每天便会有扫也扫不完的落叶。

与凝重的常绿树比起来，落叶树长出嫩绿的新叶，显得十分柔美、轻快，恰到好处。比如，青栲的嫩枝上长满了随风摇晃的柔软的嫩叶；杉树上如雨后春笋般冒出一个个海带般灰绿色的嫩芽；赤松一片红褐色，黑松的枝梢上也长出了小白蜡烛般的嫩芽；竹子披上了一身艳丽的翠绿色蓑衣，似乎在炫耀春装已经做好了。

今晚第一次听到有只蚊子嗡嗡地飞来飞去。

所谓“暮春一只蚊，彻夜难入梦”。

已然是暮春了。

难熬的一夜

那天是四月一日，是个梅花已谢、樱花未开的日子。

刚过三点，我便偕同一位年轻女子从粕谷出发前往高轮办事。下午六点到十一点，我们走访了一家的主人试图解决一件事，但最终因不得要领而无功而返。我们离开那家的时候已将近半夜十二点了。虽然如此，我们还是赶上了最后一班电车。与我同行的女子在三宅坂下车去一个熟人家，我则在青山下车去哥哥家。

也许哥哥一家都已进入了梦乡，我敲了敲门也不见任何动静。于是，我又是喊又是叫，但最后还是无人前来开门。虽说我侄女家也在那附近，可转念一想她产期临近，不忍心在这深更半夜里去惊动她。于是我便顺着青山大道往御所方向走去，找到派出所一个巡察，在他的指引下，我去了北町后头的旅馆，倒是敲开了几家店门，但对方都撒谎说“客满”了将我拒之门外。

电车早已停运。无奈之下，我打算等天亮之后去筑地的医院看望患肿瘤住院的父亲，于是想着先去新桥车站的候车室里稍事休息。踏着一路的月光和灯光，我晃晃悠悠地走在溜池大街上。可到了新桥一看，不巧门已经关了。问过车站工作人员，他打着哈欠说，要到四点半才会开门。而当时还不到两点。

银座的路上路灯明晃晃地照着庞贝废墟般空寂的银座大街。我转头向东而行，经过歌舞伎剧场门口向筑地方向走去。到了万年桥旁，看到一家夜里沿街叫卖面条的商贩，而这一幕往往在默阿弥[①]的戏剧中出现。夜已深沉，稍觉寒凉，我肚子也饿了，于是，便要了碗面。

“喂，来一碗面条。”

“好嘞！”

只见灯的背光处探出一个头，是个近六十岁的老头，看了我一眼便马上手拿团扇吧嗒吧嗒地扇起火炉来。面条摊的后面停了两辆车子。其中一个车夫呼噜呼噜地打着鼾；另一个则把围毯一直蒙到头上，默默地坐靠在人力车的踏板上。

“面好了。”只听老头一声吆喝。

我赶忙从他手中接过面和一次性筷子，喝了一口汤，顿时一股腥味迎面扑来，但即便如此，我还是一连吃了两碗。

“喂，再给他们来两份。”

我付过钱便起身离开了。只听身后其中的一个车夫说：“谢谢您，谢谢款待！”接着他招呼另外一个车夫：“喂，这是那位先生给咱们买的。”

过了万年桥，只见头顶上的新月泛着红光，就像附近歌舞伎

① 默阿弥：河竹默阿弥，歌舞伎脚本作者。

剧场的背景上才会出现的那种红，远远地悬挂在电线上。

筑地外科医院的铁门当然是关着的。二楼的一间病房的窗帘中透出昏黄的光线，我估计父亲就住在那里。我竖起耳朵仔细听来，似乎有人在呻吟，但抑或是我的错觉，父亲这会儿应该早已入睡了吧？他无论如何也不会想到，在这个深夜，他的儿子正在遥望着那病房的灯光，在窗下徘徊呢吧？

睡意袭来，我感到头开始发木，就想随便找个地方躺倒睡一觉。我迷迷糊糊地走着，恍惚间晃到了本愿寺附近。我感觉自己已经不是用身体在走路，而是像个游魂般在游荡。突然间我走进了一个墓地。我知道这里有一叶女士[①]的墓地，之前我曾特意前来凭吊过。借着月光，我穿行在墓碑之间，坐到了一个坟台上。但这里毕竟是一个人最终长眠的地方，可不是能接受一夜之死的地方。于是我再次被驱逐出来，又回到了本愿寺前的广场。

忽然，我发现本愿寺的门是开着的。门口有巡察或当班的小屋，里面亮着灯。见没人盘问我，我便大摇大摆地走了进去，登上了正殿。月光洒在地上，正殿的回廊则笼罩在一片黑暗之中。

终于找到了一个可以安心歇息的地方了，于是我在宽宽的回廊上铺开包袱，枕腕而睡。迷迷糊糊中，我感觉头顶传来呼呼啦啦的声响。我睁开眼睛看了看，周围仍是一团漆黑，这时黑暗中隐约传来咕咕咕的叫声。

“啊，原来是鸽子。”

于是我又迷迷糊糊地睡了过去。

---

① 一叶：樋口一叶，日本小说家，女，东京人。作品有《青梅竹马》、《浊流》、《十三夜》等。

去札幌

九月十六日，我们离开大沼前往札幌。火车绕驹岳半周，驶向森林，从车窗向外望去，喷火湾的晴潮尽收眼底，让人一饱眼福。海面上开往室兰的小汽船随波浮动。火车逐渐远离了驹岳，一直沿着喷火湾疾驰。到了长万部附近，只见海湾对面，有一座山，山头白铜色的云雾袅袅，蒸腾而起。从同室的绅士口中我得知此山名为有珠山。

绕过海湾之后便进入了山路，在黑松内停车时我去吃了碗荞麦面，味道十分鲜美。在兰越车站，得以仰望仰慕已久，时刻挂念在心里的虾夷富士山。只见其端庄秀丽，满山的树木郁郁葱葱，呈现秀润的青黛色。我心想，要是能爬上去看看该多好啊。在车上偶遇熟人O君，他利用暑假周游了韩国，这才回来，正要返回札幌农科大学。到余市时，我亲眼目睹了日本海的风貌。这里是北海道著名的苹果产地。在夕阳的映射下，苹果园里变得光彩耀人，煞是好看。在车站恰好看到小贩吆喝着卖网兜装的苹果，看着十分诱人，便索性买来两网兜。

O君在小樽站下了车。我们到札幌时已经八点，当晚便投宿在山形屋。

弱肉强食

今天，我像平日一样，坐在屋里写作，忽然看到原本蹲在廊檐上的我们家的猫倏地一下跳到了地上，一转眼它又敏捷地跳上了廊檐。定睛一看，猫的嘴里分明叼着一只蜥蜴。只见它轻轻地放下嘴里的猎物，蜥蜴不知是死了还是晕厥了过去，一动不动。接着，猫便大口大口地吃了起来。这当儿，只见蜥蜴的尾巴左右摆动，显然它是活着的。而猫儿却全然不为所动，眯缝着眼睛，歪着脑袋，悠悠然地享受着自己的美味，看上去就像只小豹子或是小老虎，威风十足。

不大一会儿，蜥蜴就成了猫的腹中之餐，最后，地上还掉落了一段蜥蜴的尾巴，像一只小虫子一样在蜷动着。猫儿见状，啊呜一口便吞下肚去，如此一来，整个蜥蜴就连残骸也丝毫不剩。

地球一如既往地转动着，阳光也依旧普照着大地。树叶纹丝不动，猫儿享受完蜥蜴美餐后舔着嘴，一副心满意足的样子，随后便闭上眼睛睡去了。

昨天，我在院里就看到了这样一幅场景：两只褐色的放屁虫刺死了一只青白色的螟蛉之后将之吸入了肚中。

前天，当我漫步田间时，突然听到一阵青蛙的惨叫声，怎么听都像是被蛇咬中了。我环视四周，果不其然，看到一条两尺左右的赤练蛇嘴里咬着一只青蛙。于是我随手扔去一个土块，可赤练蛇向来精悍，咬着青蛙的腿挺着镰刀形的脖子便要逃走。等我找了根竹片回来时，它早已逃到了玉米地里，不见了踪影。

自古以来，优胜劣汰乃天理，弱肉强食属自然。宇宙之中，万物之间，常常是你死我活的关系。然而强中自有强中强，而弱者亦有弱中弱。但也不乏最弱者战胜最强者的例子。就像只有在显微镜下才能看到的小小的细菌就能轻而易举地杀死以神之子自居的人类一般！总之宇宙就是个大大的圆，凡是生命都一样，强者也有弱点，弱者自然也有强的一面。濒临死亡的活了下来，而活着的却要面临死亡；胜者亦会败，而败者亦能胜；食者被食之，被食者亦会转而成为食者。正如《般若心经》中所讲的“不增不减不生不灭不垢不净”，此乃宇宙之本质所在。

然而，我们同为人类，却生存在一个不平等的世界。有烦恼也有埋怨。我们在追求精神世界的同时，也十分珍惜自己的生命。推己及人，自然也就听不得别人痛苦的惨叫。

阿尔弗雷德博士曾说过：“被蛇吞下的青蛙并不痛苦，它很享受被蛇吞下去时的那种温润和快感。”志贺直哉也曾在《日俄战争观战记》中描述了旅顺战役。他说那些奋不顾身的战士因为士气高涨，因此并未感觉到所谓的痛苦。或许他们所言都合情合理，而事实也可能如此。

但是我们是人，所以不忍心听到动物那凄惨的叫声。

生与死

初冬里一个十分宁静的日子，没有寒霜，风轻云淡。

昨天夜里，母狗又是哼又是叫，终于在厨房灶台下的空篮里生下了四只小狗崽，两只褐色的，两只黑色的。我不禁感叹，狗妈妈那小小的身体竟然孕育了四条小生命！这几个小家伙刚从妈妈的肚子里出来，便发出小猫般的声音，猛扎进母狗怀里吮吸着母乳。

因为小狗崽的出生，我们一家忙得不可开交，过了正午才突然发现家里的猫不见了。妻子环视四周，一脸不安地问我："怎么不见猫了？"那时已经差不多一点了。于是全家出动把房间翻了个底朝天，又找遍了家里所有的地方，喊得嗓子都冒烟了仍是未见猫的踪迹。末了我还打发阿民去附近找了一趟，依然是竹篮打水一场空。大家便一起回忆猫是什么时候不在的。妻子回想了一下，说："早晨还在的，我去挖葱的时候它还跟着我去了田里。"到底是出什么事了？难道是被鸟山的天狗咬伤了？对了，我们家猫长得那么漂亮，会不会被人抓走了？我甚至猜想是不是猫看到母狗生了小狗崽，一时心生嫉妒便故意藏了起来。这么招人喜爱、机灵可爱的小猫突然下落不明，让人不由得惋惜。

吃晚饭时，阿民便跟我们讲，他下午找猫的时候，在八幡下碰到了鴫田家和阿辰家的老太太在聊天。说是方才在水田对面的杂木山上，看到一个二十左右穿着号衣的男孩和一个年纪相仿穿着整洁的女孩。当时男孩正在拼命地用手挖土，女孩站在一旁面色苍白。老太太路过看到了便问："你们在挖山芋吗？"他们也没做任何回应。过了一会儿，老太太再次路过那里时，他们还在。据说之前也曾看到他们在八幡山的旱地附近出现。于是猜测他们大概是在那里埋了打掉的胎儿。鴫田家老太太便一边使劲儿地用拐杖戳着地，一边愤愤地说："可不能让他们在我们家地里干那种事！"

或许那对男女还会再去那里，说不定再干出什么鲁莽之事。

想到这里我放下筷子，套上外套便出了门。阿民表示要陪我一起去，拿了灯笼走在前面。他身强力壮，生性也很倔强。

穿过八幡下的水田，我们走到一条穿过杂木林西侧的小路。停下脚步竖起耳朵听了良久，似乎没有人来的迹象。

"你们藏在哪里？不许干坏事！有什么可以跟我商量。"

我先吆喝了一声，竖起耳朵凝神倾听，连一片落叶的声音都没有，杂木山又恢复了刚才的宁静。寒气夹杂着寒霜像池水般开始凝固，只露出半张脸的残月远远地挂在光秃秃的杂木枝头，发着苍白的光。

我们两人绕了一圈，便从杂木林东侧折返了回去。就着灯笼，借着月光我又一次闯进了那个让人疑惑重重的林子。杂木的叶子都已凋落，在月光的映射下树林显得朦胧发白。从柞树到栎树，一棵棵看过去。包括自己脚下踩过的落叶，还有树木被挖过后留下的凹坑，我都一一仔细检查过。时而还会停下来听听动静。

没有人在，终究没有发现任何人。大地一片寂静。

田间的斗笠

连日来，要么从清晨起便暴雨如注，要么整日都细雨绵绵，烟雨蒙蒙。蛞蝓爬上了廊檐，井沿上也长出了黄黄的蘑菇，铺着榻榻米的房间里到处都弥漫着潮湿的气息。

今天又在院中紫薇的枝头看到了蛇。杉树林中传来猫头鹰“哈——哈——”的叫声。家家户户都已经收了麦子，只见绿茵茵的村落间淡黄色的栗树花开得到处都是。

田园里蛙声一片，其中还夹杂着哗哗的流水声和脚踩入泥的“扑哧、扑哧”声。只见田里有几个身披斗笠的人在劳作。远远望去就像是德川将军家贡品上的稻草人一般，他们踩在齐膝深的泥里，吃力地抡着手中的长柄耙子。另外，还有人在吃力地拉着本应是马拉的犁，像牛马般地蹚着泥水前行。那情景，让人不免心生同情，同时又深感此种行为的愚笨，便忍不住要生气。俗话说得好，劳动最光荣，但也不必沦落到如此牛马般的境地啊！

千岁村占地约千町，田地却不过六十町。田里的活也不算多，于是大家便觉得用不着马。过去倒是有过，可现在大家都说养马不经济，还不如人力来得实在。也有人提出过大家一起养马，这一提议最终也被束之高阁，没了后文。

养马自是有利有弊。这两三年来，我家周围的二十七户人中有三户养马。其中两户是因为家中男丁不足，考虑到还要去东京运大粪做肥料，这才下定决心养马的。然而，石山家的马一拿掉缰绳就难以驾驭，上一个小斜坡的工夫，主人就被马踢伤了下腹和大腿，一连卧床躺了两个月。寺本家的马在新宿看到电车，受了惊吓，当场撞倒了两个盲人，引起了不小的骚乱。再就是隔壁那匹马，之前恰逢节日，他们家一个叫村藏的亲戚便骑着马去游玩，结果摔下马背以致肩骨扭伤，请接骨医生接连往家跑了两个月。为此，他们家的预算计划一团糟，原本打算举行的结婚典礼，无奈之下也只好延期半年。

所以大家才说养马一事须斟酌。

田间小河

最初听说很近的多摩河，离我家有四公里多，就是玉川自来水也相距两公里以上。附近没什么清澈的水流着实让人感到失望。于是思量着好歹挖口自流井也好，可听有经验的人说，之前这附近也有人出高价挖过。水倒是流出地面了，可无论如何却喷不上来。如此一来，要想体会水的那份乐趣，就只有靠一般的水井，抑或是离家不远就能听到水流声的田间小河了。

离我家五六百米远有条专用于灌溉的品川渠，通往品川。但对于我们村里人来说主要用于日常洗涤。大前年夏天突发大水，导致村里近六米宽的堤坝决堤，从水坝往西的地方一时间变成了齐脖深的湖。为此全村出动修建了防水工程。之前村里还发生过儿童溺死的事件，如此看来，对于这个村子而言，这条水渠的存在也算不上什么可喜可贺的事。除此之外，还有大小两条田间小河，一条小河穿过我家下面的河谷，自西而东流去。另一条则经由八幡水田，自北流向东南。

流经我家下面小河谷的那条小河，源自何处无从得知。冬天时大抵会干涸，可一到夏天就发大水，洪水会越过堤坝流入田里。每逢此时，孩子们便喜出望外，一个个叽叽嘎嘎地吵着嚷着跑去游泳、嬉戏。作为农户本应为此担忧，可我偏偏十分贪玩，在这方面跟村里那些淘气包相比，可谓有过之而无不及。在我耳中，那洪水漫过田间的声音，宛如吹过松林的飒飒风声，让人不觉间心情爽朗。我也会撩起后衣襟，拖着木屐蹚着水走过去看看。一想到当天眼前这水就会退去，内心里常常感到十分遗憾。可话又说回来，虽说这条小河反复无常，忽涨忽落，但正是因为有了它，才有了现在村里的这些水田。小河的堤坝上，茅草和芦苇长得又高又密，葱葱郁郁，到了夏天这里便是萤火虫的根据地，还有那从早到晚叽叽喳喳叫个不停的苇莺也隐居于此。在梅雨淅淅沥沥的雨夜，这里又会成为哒哒哒敲个不停的秧鸡的栖身之地。

流经八幡水田的那条较大的田间小河被称之为“大河”。虽说是大河，也仅有两米多宽，主要分流玉川的部分河水用作灌溉。正是这条大河孕育了从千岁村到世田谷这几百町的良田。

我的父亲眼看就要九十一岁了，他年轻时当过村吏和县官，在农业行政方面有着浓厚的兴趣和丰富的经验。父亲来我家暂住时，曾独自漫步田间，凝望着这河水，他不禁喟然而叹：“此乃仁慈之水啊！”估计他是考虑到我的兴趣所在，所以也不忍说这水是不仁之水吧。正是有了这条大河，才有了这周围的美丽景致。一到春天，紫云英便开得漫山遍野；一片蛙声也使得原本静寂的村庄一下子热闹了起来。到了秋天，清晨还挂着露珠的田间凉爽宜人，还有那沐浴着金色的阳光振翅飞舞的蚂蚱，到处都散发着这个收获季所独有的韵味。而这所有的一切都要归功于这条大河。正是因为它流经于此，河边喜水的野玫瑰才如此枝叶茂密，等到麦子黄时，它那曲曲折折的枝干上才会缀满芬芳怡人的白花。还有浅紫色的鸡儿肠、淡红色的马蓼……总之秋天的花草种类繁多，样样都光彩夺人。这里也是孩子们的乐园。比起去玉川，孩子们反倒喜欢来这里玩。他们在这里又是抓鲫鱼又是逮泥鳅，甭提有多高兴了。只见鱼将鱼拖着长长的影子在水底游来游去，青蛙也扑通一声跳了进去；还有两尺五寸的蛇从这里游过，身子偶尔还会形成一个拱形。

河水流入田里受到阻碍时会形成一股急流，深约八寸，会发出类似于蛙叫的声音。正如螺社秀民在俳句中咏叹隅田川一样，流经我们村庄、田间的河水都来自于玉川，我们是玉川的子孙。当然，在玉川涨水时，这里的水也自然会变得浑浊。乞丐们也时不时会在此洗澡净身。

由于去年夏天一直干旱少雨，于是，我搬来村里六年来第一次看到了人们祈雨的景象。人们纷纷聚往八幡，男人们都高举着神酒，口中喊着："六根清净……忏悔！"之后，只见脱光了衣服，只留着兜裆布的年轻人纵身跳入河中，一边兜头浇水，一边齐声大喊着"六根清净"、"忏悔"之类。呐喊声有如号啕大哭般久久地回响在我的耳畔，让人不觉心生怜悯。起霜的清晨，从八幡望去，小河上白色的水汽袅袅，河水一直流向远方的田地。

住在山中的人家，即使是睡觉，枕边都听得到引水筒里的水声，以及那溪谷间的流水声。平素里，河水不见波澜，悄无声息；一旦发怒，便宛如万雷俱下，轰轰隆隆。

住在江河湖海边的人们，家中养着鸭子，门口停有小舟，还可以随时感受那瞬息万变的景色和滚滚的波涛轰鸣。

我站在旷野之间，诸如此类的情景如幻境般浮现眼前。我不禁思量，如若不得已要住在像撒哈拉沙漠之类的不毛之地，抑或是锅灶里爬满水蛭、被窝里钻进水蛇的濒水潮湿之地，那情景又会如何呢？中庸之道甚是平凡，但平凡的同时也有它的好处。

这样想来，田间小河虽无引水筒中流水的清幽之声，亦无冰雪融化后山中小河的清冽，更不会像瀑布般咆哮。它既没有大河的浩浩荡荡，亦无大海的烟波浩渺。但它却彬彬有礼，是农户忠实的朋友。我们必须低下傲慢的头颅，抑制住内心的骚动与不逊，平心静气地去聆听它向我们讲述过往的教训。

透视

清早，地上白皑皑地铺满了一层寒霜。

到了中午前后，天气一下子又变得十分暖和。寒风停止了呼啸，干枯且翻卷着的落叶在树下沉睡着。乌鸦的啼声刚住，隔壁的鸡鸣声又起。枫树枝头一只麻雀刚飞走，一只鹪鹩又在相同的地方落脚。在午后温暖的阳光的静静照射下，虫儿飞来飞去，蜘蛛网闪闪发光。远处甲州的山一片云雾朦胧。

静寂、平和中透着温暖，温暖中又透着些许孤寂。这就是我十分喜欢的十二月。

周末家里没有来客，十分安静。我们夫妻二人带着女儿一同坐在堂屋南面的回廊下，一边晒太阳，一边嬉戏着。草地在阳光的照耀下，仿佛铺上了一层灰色的天鹅绒，狗爸爸和狗妈妈带着两只小狗崽在草坪上跑来跑去。其中一只小狗崽因为是上个月才出生的，还没有狗爸爸的头大。只见身材高大的狗爸爸在细心地给小狗抓着虱子，小狗崽则一个劲儿地咬着母狗的颈圈拽来拽去。俗话说猫狗是冤家，可我们家的猫和狗却异常亲密，悠闲地在这小阳春日的阳光下尽情地嬉戏玩耍。那其乐融融的景象俨然就是一幅题为“小阳春日”或者“团圆”的画作。

我妻子不小心弄丢了戒指，于是让这段时间帮忙料理家务的邻村阿玲去请阿吉过来看看。看完之后阿吉说：“只需连续三日祭拜供在堂屋西北方向的五谷神，戒指自然会出现。”

阿吉住在邻村，是日莲宗的虔诚信徒，据说她诚心向佛，不仅治好了自己的病，还修得了一双千里眼。但凡是吉凶未卜的事情，大家都常常去找她，她也欣然应允。当然有人不信这一套，但大多人还是愿意相信的。而有些人听了阿吉的话，生病的得以痊愈，丢了的东西也都找了回来。就这样她被誉为这一带的长尾郁子、御船千鹤子。

阿吉家后院的杂物间里住有一只大青蛇。阿吉说那是上上一代户主妻子的魂灵。总之，据说至今为止阿吉所言几乎都应验了。她能看到一般人看不到的东西，听说有一次阿吉走过轧死人的地方，便有一对脸色苍白的男女摇摇晃晃地一直跟着她不愿离开。

阿吉之前也和其他年轻人一起来我们家干过活。她五十岁左右，看着十分瘦弱，似乎没什么力气，是个沉默寡言的人。

我们家向来不信奉什么，即使真的有什么东西，也是看不见听不到的。而对于信奉神灵的人来说，有奇迹存在也不足为怪。

可是像我等凡夫俗子，不是谁都能修得一双千里眼的。况且也没有必要都要成为千里眼。像长尾郁子和千鹤子他们都曾轰动一时，但不久便离世了。可谓“不信杀死了信”。从另一个角度来看，阴间与阳世、物质与精神、生与死、神与人之间仅仅相隔了一层神秘的面纱，而我们却无法轻易地揭开它，因为这其中充满了生活的乐趣与自由，而一旦任意地揭开它，就有可能遭到早死或失明的报应。无论我们多么傲慢地嘲笑那些不惜赌上性命来窥探这层面纱的人，但却不能忘记即使同为生物，在前进的道路上也是鸟有鸟路，鱼有鱼途，虫、兽亦有其道，不尽相同。

我们惊叹于奇迹，仰慕可以看透一切之人，同时自己也想走上一条平坦的大道，并希望前方有人引导。

晚上，鹤子钻在被炉里，手拿昨天我的一位东京的朋友送的铅笔练习写假名。只见她在本子的封皮上写下了“德富鹤子之杂记”。随后，鹤子写道：“小狗崽出生了，非常可爱。”这可是鹤子生平的第一次作文。为了纪念这一刻，妻子特意让鹤子在后面加上了“五岁于正月”几个字。

晚秋的一日

这是一个寂寥的晚秋的日子，时阴时晴，宛如菩萨般一会儿睁开眼睛，又突然一下子合上了眼睛。

连日里三天两头地下些薄霜，我看了看日历，距离立冬也就只有五六天了。也许是上个月屡降暴雨的缘故，庭院里的百日红、樱花、梅花、娑罗双树、桃树、李树、白桦、榉树还有厚朴、木莲类的落叶树大都掉了叶子，光秃秃的。柿子树和常青枫树下面则是落叶重重，像是盖了一层厚厚的绒毯。而菊花似乎没有受到太大影响，小菊花以及紫菊开得满院都是，五光十色。红白茶山花也正开得烂漫。满天星、山红叶、一行寺、大杯、大丽菊、初霜等枫树类以及银杏种类繁多，有红的、黄的、褐的、绯红的、紫色的，交相辉映。凝重的常绿树点缀在光秃秃的落叶树之间，鲜艳又不失雅致。

松树、杉树等常绿树葱葱郁郁的树叶下，垂挂着已经泛黄的陈叶，似乎在暗自等待一阵清风吹来，重获新生。空气中到处弥漫着菊花、茶山花的芬芳。吮吸着这醉人的空气，我独自一人徘徊在庭院到园子、园子到水田之间。走出庭院时，脚下落叶沙沙。无意间我发现梅花的枝干上似乎挂着个奇怪的东西，仔细一看竟是一只晒干了的青蛙。这应该是调皮的百舌鸟的干粮，大概是挂在这儿忘记带走了。园子里大都是用来留种的波斯菊，枝梢只剩三四朵红白的花没精打采地开着。田地里大麦小麦已经长到一寸多高。萝卜和腌菜的叶子青翠繁茂，一片勃勃生机。篱笆外的田里有人正在播种晚麦。对面田间传来咔嚓咔嚓的镰刀声，还有人在收割晚稻。

现在是下午四点。刚刚还有一缕阳光映照着这一切，不一会儿太阳又躲到了云层下面，放眼望去满眼都是沉郁的景象。我站在那片大部分已经枯萎泛黄的草地上，望着墓地里的银杏。这棵树不是太大，直径六寸左右，它所有的树枝都伸向北方，唯独一枝朝南，仿佛是被削掉了一半的鱼骨。同样，所有的红叶都聚集在北边，唯独南边那一枝已经光秃秃的了，上面还落着一只枯瘦的大嘴乌鸦。这只乌鸦已经停在这里很久了，忽然它的尾巴不小心碰到一根树枝，便哇哇地叫着飞走了。银杏叶也纷纷飘落，宛如一只只翩翩起舞的黄蝴蝶。

我回到迴泽的杉树林时， 一声声的“南无阿弥陀佛，南无阿弥陀佛”哭诉般地传入耳中。

五月五日

五月五日，周日，男孩节。也是我们结婚十九周年的纪念日。我一如往常，吃的是红小豆米饭，喝的是加裙带菜的味噌汤。

吃过早饭，我们全家人便前往东京购物。由于刚好赶上东京举办招魂祭，府中的大国魂神社也在举行祭奠仪式，因此甲州街道上人来人往，车水马龙，甚是热闹。我们到新宿、九段、上野、青山转了一圈，踏上归途时已经是四点多钟了。东京热闹非常，别有洞天。虽说如此，回到村里，却也有另一番情趣：村村户户翠绿掩映，一片片嫩叶在夕阳的映射下闪闪发光，红色的鲤鱼旗在这一片绿色中飘荡；黄灿灿的麦穗闪着金光，田地里蛙声一片，到处盛开着火红火红的紫云英；长方形的秧田里，水稻已经抽出了嫩芽。黄昏一到，和风轻拂，清新、舒适，云雀啼鸣，声声入耳。夕阳已经没入甲斐山后，府中方向远远传来大国魂神社咚咚咚的击鼓声。

我们回到家时已是六点多钟。只见正面那一轮金黄色的太阳发出微弱的光芒，眼看着就要沉落入桥场的杉树林中。

白天真长!

听邻居说，我们出门的当儿，浜田家的阿婆拽着桥本家的姑娘伊佐来家里通知婚礼的相关事宜了。据说伊佐来时梳着高岛田式的发髻，身着和式礼服，脸上涂着白粉，打扮得非常漂亮。

伊佐是这一带比较时髦的姑娘。她原本是东京一位有身份的人的女儿，后来被寄养到这里，便成了桥本家的养女。由于桥本的后嗣早早离世，于是他便让弟弟继承家业，并将寄养在家中的伊佐许配给他做妻子。我们搬来千岁村没多久，一些村里的女孩子经常来家里玩，我发现其中有个女孩子文雅大方，那就是伊佐。她高等小学毕业后，便被送去学习裁缝。过年的时候，她披着头发，扎着个蝴蝶结，穿着一身和服，活脱脱就是一个城市姑娘。即便如此，平日里的她和村里的其他姑娘却也并无二致，干着同样的活儿。路不好的时候她会去帮忙推一把车，也会背着竹筐去收茄子、扁豆。她亲妈妈或者打扮时髦的姊妹来玩的时候，她也完全不会为此感到难为情。

乡下一般都比较冷清，添人添户是村里的大喜事。在竞争激烈的城市里，人口增加或许是个让人头疼的事。而在农村，人们需要联起手来与大自然开战，因此，拥有众多的伙伴就显得十分重要。人丁少的家庭在农村就比较悲惨，因此，无论哪家都有五六个孩子。即便是这个小村庄，像鴫田家和寺本家，身强力壮的男孩子就有三五个，不仅家族兴旺，干什么都劲头十足。这一带以养蚕为主要副业，因此女孩子也备受重视。为了获得粮饷，不光是穷人家，连富裕家庭也都纷纷收留养子，为此也能收获一笔可观的收入。俗话说得好，肥水不流外人田，等女孩长大了也大多纳为己有，也就是所谓的“童养媳”。全家出动干活的农家，一般没有什么主仆之差，亲生女儿和养女之间也没有什么显著的差别。这些被人收养的子女长大成人后也不大会想念东京，即便去了东京不久便又会回来。

这个村子靠近城市，因而每家每户在东京多少都有些亲戚。每逢村里过节，就有许多人从东京跑来玩。到了农闲，村里也会有人去东京游玩。阿辰爷爷家有亲戚在浅草，他时不时会去玩，可一回来就唉声叹气：“还是我们乡下好，浅草那种地方厕所都是巴掌大点儿，去趟茅房脸都撞到墙上了。一回到乡下我就感到豁亮。我们家亲戚那家伙还问咱们农民一天能挣多少，我告诉他我们从来不记账，到了年末，剩下就是挣的，剩不下就没的赚了。”

大家都说，去了东京感觉都要输给人了。为什么呢？那里的人多如牛毛，光看人脸都累得够呛。那儿有电话，通电车，路上还有来来往往的汽车，漫天飞的号外新闻……不知为何所有人都忙得团团转。要是被卷入这个漩涡，就算李兵卫太五作脚下恐怕也会不听使唤，也会漫无目的地想打电话，没什么必要就跳上电车。对于习惯于空旷悠闲的农村人来说，东京虽好，却不是久留之处，所以大家还是会欣然而返。

村里有两大游学：男要去当兵，女要当学徒。因而即使家计稍微宽裕的家庭也会送女儿去东京当学徒。这其中自然是有利有弊，男孩参军回来时大多都变得能说会道。伊佐的女婿当时就参加了日俄战争，是一个举止文雅的退伍军人。而去当学徒的女孩中，也有人嫁到东京，但大多还是嫁回农村了。再怎么说农村生活比较悠闲自在。不仅仅是出生在这里的人会眷恋自己的故乡，即便是出生都市却长在农村的人也会十分怀念这里。

伊佐也有幸收获了如此美好的人生。

勿来关

听说因连日里的大雨而中断的东北线已经恢复通车，于是，明治四十三年九月七日一大早，我们便从上野搭乘海岸线的火车出发了。下午三点多，我们在关本车站下了车，随后又换乘汽车前往平泻。

平泻是有名的渔场。沿着海湾南侧一直到对面的出岛，有一座蜈蚣般的长长的栈桥，非常值得一看。由于刚下过雨，这里到处都弥漫着海腥味。我们到静海亭放下行李，从旅馆借来木屐和伞，便乘车前往勿来关遗址游览。

汽车从常陆穿过城郊隧道来到盘城，沿着大波小浪接连不断的荒凉的海边前行了一段之后，停在了一家茶馆前。我们下了车，只见到处都是出售奈古曾石碑的印刷品、松树、贝壳的化石以及明信片之类的摊贩。我让车夫背着鹤子，我们一步一滑、小心翼翼地穿过铁道，沿着山上田间的地畔向勿来关遗址攀爬而去。也许那首《路隘满落樱》的和歌就是最好的写照，只见一路上到处都是芳野樱。山路上，漫山遍野都盛开着胡枝子、黄花龙芽、地榆、桔梗、黄背草，车夫折下一枝深色的桔梗递给鹤子，我们踏着这满山的秋色继续前行。

从下车处的茶馆往上大约走了一千米，就到了关口遗址。据说八幡太郎曾于山顶的松林里拉过弓挂过鞍，因此，马背般狭窄的山顶呈现出马鞍般的凹凸。这里有十四五棵高大的红松、黑松，其树龄个个都在五六百年以上，在来自太平洋的大风的吹拂下，翠绿的枝头瑟瑟作响。而除此之外就别无更古老的东西了。石碑是嘉永年间之物，有家茶馆，外观虽然有些沧桑，但并不是什么古迹。我们到的时候，茶馆还没打烊，但因为已经过了夏天的旺季，所以不见什么人影，也没人喝茶。我掬了一捧弓端部的清泉，站在传说中八幡太郎曾射箭的松树下眺望远处，只见西边重叠的山峦上有白色的云雾打着旋儿飘过。东边便是太平洋，在云朵间透出的微弱的夕阳余晖的映射下，一片波光粼粼。耳边隐隐约约传来出海捕捞鲣鱼的渔船摇橹的号子声。我暗自思忖，从前通往奥州的海滨街道就经由此山吗？八幡太郎也曾在樱花飞舞的季节骑着马路经此处吗？和歌倒是流传下来了，但遗址却难觅所在，只有那风中的松树在瑟瑟而吟。人世千年就如此匆然而过。

我茫然伫立山顶，只见从山头走下两个年轻的百姓，赶着满载青草的马，从我们前面走过，朝着对面的山峰去了。

黄昏时我们回到了平泻的旅馆。洗澡水温吞吞的，厕所也污秽不堪。鱼倒是新鲜，但可惜厨师的厨艺不佳，一股腥味。我口渴难耐想喝点儿水，但也只有浑浊不堪的饮用水可供。成群的蚊虫黑压压地聚成一片，我们无奈只好匆忙躲进蚊帐。半夜下起了雨，忽觉屋顶漏雨，只好赶忙起身移开床铺。旅途中第一个寂寞的夜晚就这样度过。

夏日的一天

昨晚是全裸着入睡的。

一觉醒来，屋外蝉鸣阵阵，蚊帐外的阴暗处蚊声嗡嗡。我从床上一跃而起，看了看时钟，差十分五时。于是推开门，只见东边栎树林射出似万缕金线般的晨光。

我洗过脸，赤裸着身子来到草坪，拿起刚磨好的镰刀整理起草坪来。露水似雨珠般晶莹剔透。于露间割草，让人乐在其中，只听镰刀咔嚓咔嚓，唰唰唰……煞是有趣。

洗完脚擦干身子，收拾完毕已是八点。近来我都不大吃早饭，取而代之的是在十点时喝一杯牛奶。

今天稍稍写了一点儿东西。

今天是妻子的生日，午餐兼早餐吃的是红小豆米饭。昨天，我看见妻子遮遮掩掩地手里拿着什么，打开一看竟然是三根白发。我不禁为之感慨。我十四五岁开始就有了白发，如此说来我们俩也算得上是到了“部分白头偕老”的年纪了。

虽说是妻子的生日，餐桌上也只是红小豆饭加豆腐汁，连一条沙丁鱼都没有。我上午漫步果园，发现了五个早熟的水蜜桃，于是便摘来摆在餐桌上，作为给妻子的礼物也算是应时的好东西吧。

今天是入夏以来最热的一天。下午室内温度竟然飙升到华氏九十度。掐指算算我来到千岁村已有六年了，但也从未遇有如此的高温。于是打开所有的门窗及隔扇，索性把堂屋所有的花纸拉窗统统撤掉。这样一来两间六张席子的房间瞬间便连成了一大间。我明知道喝点儿东西就会出汗，但还是忍不住要喝些冷麦茶和汽水。旋即便大汗淋漓。只见我家的猫儿、狗儿都躲在栎树的树荫下呼呼大睡。

天气过于炎热便想要理理头发。我盘腿坐在客厅的廊下，我妻子不大会使推子，于是便用剪刀给我理了个寸头。早晨割下的草早已枯萎、发白，妻子说看着就像是北海道的牧场一样。丈夫割草，妻子给丈夫理发。至于草做何感想自是无从得知，可我的心里倒是很快活。

撤掉了那些拉门隔扇之类的屏障，饭厅也宽敞了许多。加之傍晚时分起风了，一家人围坐在饭桌旁，享受着徐徐凉风，十分惬意。我一边吃着饭，一边看着两面苇帘上残留的夕阳余晖。夕阳映射下的屏风上还跃动着南天竹黑色的影子。透过苇帘看去，还有那硕大的芭蕉绿叶在迎风招展。

青山街道那边传来汽车开过的声音，一看原来是东京的N君等三人，他们来这里是为了拍摄甲斐山的照片。但由于天色已晚，于是只好勉强拍了两张便回去了。

太阳一落山便拂来阵阵南风，它宛若流水般随着夜的到来轻轻涌入。窗边放盏油灯都要费好大力气。我盘腿坐在堂屋的廊下，把身体和灵魂全都放空，享受着这习习凉风。只见栎树、狐尾藻、小毛竹的叶子随风舞动，在灯光的辉映下仿佛一颗颗碧玉般闪闪发光。灯光照不到的地方，也有成千上万宛如水墨画般的叶片迎风起舞。树丛间隙处可见那夏日泛白的夜空，空中点缀着无数颗星星一闪一闪，光彩夺目。庭院的暗处飘来阵阵浓郁的栀子花和山百合的香味。那香味极具刺激性，可以防蚊子，因而我家几乎不见一只蚊子。

今天误摘下来两只土瓜，妻子便将它挖空，给鹤子做了一个土瓜灯笼，上面还刻了一个小帆船，悬吊在廊檐下。虽几次三番都被风吹灭了，但还是在灯笼中间点了一个小蜡烛。只见那透明的绿色小天地的外面，一艘白色帆船在灯光的指引下不断前行，直至那点燃的生命之火燃烧殆尽。

夏之颂歌

一

夏天好，夏天真好！虽说一年四季要都是夏天想必也很难熬，但也好过所谓四季如春的天堂。听说美国加州人中有很多都特意跑去南方迎接夏天，也就不足为奇了。

夏天是个豪放的季节。我历来胆小怕事又拘泥小节，借着大自然的豪爽之气，我也稍微扬眉吐气了一下：索性把那些排外的封闭性的拉门和隔窗统统拆掉，脱掉穿戴麻烦的和服，赤条条地将毛发浓密的身体裸露在外，赤身裸体或半裸着接待了大多数的客人，大有从一个胆怯的人一跃蜕变为一个英雄之感。夏天一过，我的背部、腹部，甚至连手脚都黑黝黝的，像是在海边足足待了一个月似的。夏天的快乐在于赤裸的快感，恰恰也在于忏悔的快乐。把身体裸露在外晒一晒，顺便进行一次灵魂的洗涤，其后的清爽是不言而喻的。早晨一起床，我就跑到树下摘颗冰冰凉的水蜜桃，然后咔嚓咬上一大口；或者跑到满是露水的西瓜地里，用拳头砸开西瓜来吃。诸如此类种种，回归自然的快感是说不完道不尽的。

我们家夏天一般都在草地上用晚餐。有时也用到桌椅，偶尔还会铺块席子摆张较低的饭桌。当夏日那似乎要将金属熔化掉的太阳西斜，挂在米槠的树梢时，草地上便是阴凉一片，周围蝉鸣声声，不绝于耳。一到这个时候大人小孩便都高高兴兴地聚在草地上吃晚饭。猫儿、狗儿也都会老实地偎依在我的身旁，好似极为谈得来的朋友一般，一会儿看看主人的脸，一会儿又盯着饭桌上的佳肴。每次晚饭都吃得很愉快，时间也很久。

夏天的夕照时间很长，当树梢上的残阳逐渐消失，只见波澜不惊的海洋般的天空上便会浮现一朵杏黄色的云彩。正思量着怎么天还没黑，忽觉天空越来越亮，抬眼一望，圆圆的月亮不知何时已经爬上头顶，在草坪上投下一团团黑黑的树影。

二

强烈的阳光直射最为让人痛快。在阴凉处悠然绽放的白花固然招人喜爱，阴天时花儿所呈现出柔和、素净的颜色也甚为妖媚，但在盛夏炎炎烈日的照射下争相怒放的花的颜色之美更是无以言表。我喜好各种色彩，不论是大红、红色、黄色，还是紫色、绿色，在这五颜六色的炎炎夏日的花园里，我常常头戴草帽，光着身子到处闲逛，恍惚间完全沉醉在眼前这色彩盛宴以及阳光浴中了。我虽滴酒不沾，却在这美丽的色彩中醉得不省人事。我的一位友人曾在寄给我的明信片上这样写道：

此身虽非蝶，
怎奈把花爱。
炎夏日当空，
畅游百花园。

三

富于变化是夏天的特色。我的家乡熊本一带，白天温度虽然近乎华氏一百度，但晚上却很少会闷热得睡不着觉。几乎不用铺褥子，只需一张席子，赤条条地睡下即可。清晨，牵牛花上挂满了晨露，夜晚，阵阵清风常常连灯笼都会吹灭。那声声的蝉鸣似乎在向人们传递着“晨凉晚凉”的讯息。而白日里则酷暑难耐，炽热的阳光烤得人和草木都昏昏沉沉。可如此悬殊的温度差别，正是夏天的好处。

夏日的天空瞬息万变。天空中那犹如喜马拉雅一般巨大的五座云峰眼看着突然崩塌，原本天边仅有的一点儿浓墨色，不到十分钟的时间就覆盖了整个天空，于是电闪、雷鸣，随之而来的或是冰雹，或是雷雨，不久，天空上高挂雨后彩虹……接着又是晴空万里。不只是天空，地面上也同样变化多端。一向信奉信玄流“得尺则尺得寸则寸”的庄稼人，只有在夏天才能从作物生长上体味到谦信流所谓的“一气呵成”。虽说夏天杂草丛生，但其他作物也同样生长繁茂。辰爷爷一大早起床便跑去看田里的水，只见他嘴里叼着烟袋，背着手，在他眼里满是露珠的早稻一夜间就能长一寸。昨天才开了花的茄子，明天就能吃了。瓜蔓也长得飞快，其势头无人可挡。两三天不打理，红薯的藤蔓就长得搅作一团。

对于靠天吃饭，从来不看钟表作息的农民来说，如果看不到田地里日新月异的突出成绩，就会变得散漫起来。当然，夏天原本就让人很自然地懈怠下来。要是一年四季都是夏天，到了正月穿着浴衣到处拜年也是个问题。不过由于这一带夏天很短，反倒美哉。

四

水是夏天的生命。可这个村子附近既没有像样的河流，离海更远，可想而知自然是无法充分享受到水的乐趣。

去年夏天，我去买了一个直径三尺、深一尺五的扁平的大水缸，放在了院子里草坪的一角。每日早晨，我从井里打来水将水缸灌满。一般的大水桶大概要八大桶。因为这一带极少有与水亲近的机会，因此家里有一缸水就显得弥足珍贵，它于我就好似琵琶、洞庭，抑或是太平洋、大西洋。从书斋望去，水缸里的水宛如碧空飞落于此，时而还会浮现几朵云彩。也曾有苍鹆飞过天空，轻盈的身影在水里一掠而过。微风吹过，便荡起层层涟漪。无风之时则宛若琅玕般凝结成一团绿。

日头越来越高，天慢慢热了起来。似乎所有的光线和热量都投射到这直径三尺的水缸里了。早晨打来的凉凉的井水，在太阳的暴晒下也逐渐升温，变得温热。正午时分就已然是热水了。赶上酷暑之日，水缸里的水简直都要沸腾了，必须要掺凉水才能使用。

一到下午两三点，家里的温度有时会飙升到华氏九十度。如果是无风的日子，中午便炎热得无法入睡，连报纸也看不进去。每逢此时，我就照例光着膀子，脚踩木屐，手拿毛巾来到院子里。此时阳光最毒，仿佛灼热的箭一般从正前方冲射来。这时，我便会不慌不忙、慢悠悠地穿过草坪，来到水缸旁。我先摘掉眼镜挂在满天星的树枝上，接着解下兜裆布，搭在青枫树上，右手拿着毛巾，脱掉木屐，先将一只脚踩进水缸里，随后把另一只脚也踩了进去，最后索性扑通一声一屁股坐在水缸里。只见水哗哗地顺着缸沿往外流。我悠然地坐在水缸中，将毛巾浸湿，从头擦到脸，又从胸擦到手，洗得酣畅淋漓。

水缸里的水一个劲儿地往外流。原本干涸的院子里仿佛刚刚下过一场暴雨，到处都是水。蚂蚁、蝼蛄都惊慌失措地四散而逃，来不及逃的就被水冲跑了。我十分惬意地泡在水里，紧紧地闭着眼睛。待我睁开眼睛徐徐环视四周时，只见上有蓝天，下有大地，中间则是赤身裸体的自己。而目睹了这一切的除了太阳，就是鱼虫花木，还有这个房子了。洗完了身体，我会顺带地洗一洗兜裆布，随手挂在枫树枝干上暴晒。不到五分钟它就干了，像熨斗熨过的一样。

过了十五分钟左右，我从水缸里出来，把湿漉漉的手巾盖在头上，浑身滴着水穿上木屐，就像刚出生的婴孩般一丝不挂，一副天上地下唯我独尊的样子大步流星地走过院子，回到廊檐下，用毛巾擦擦身子，赤裸着站立片刻。浑身仿佛脱了一层皮似的透着清凉。

站在廊下看过去，水缸里的水差不多只剩下了七成，依旧在那里晃动不定。剩下的水就等到稍晚一些用来浇花。偶尔我洗完之后，妻子也会带着女儿进去泡一会儿。正是因为住在乡下，一个女人家才得以于青天白日里如此毫无顾忌地在自家院子里冲凉。

夏天好，夏天太好了！

小鸟

放了把火将院子里枯黄的草地烧掉了。

今天水岛生来了，还了《社会主义神髓》，又借了本《大英游记》便走了。他来时还带来一只受了枪伤的斑鸠，说是从林子里捡来的。我不忍食用，便将其埋在了枫树下。

因为很少有城里人来这里打猎，所以这个村子的鸟儿很多。一日闲步院中，突然从东边传来暴风雨般的振翅声，只见一大群鸟悲鸣着飞入屋后的杂木林。随后便听到了枪声。小鸟也许很可口，打猎也应该很有意思吧。然而听到鸟儿那紧张错乱的振翅声，还有那受到惊吓时撕心裂肺般的悲鸣，又让人于心何忍？

午后，一个戴着鸭舌帽的学徒打扮的少年，在我家门口徘徊了一会儿，终于下定决心走了进来。他说自己十六岁，让我收他做徒弟。我告诉他绕到廊子那边，他却直接推开拉门进来。于是我一把将其推出去，训斥了他一顿。他原本是谷中村人，其父现在深川做石匠，他自己则做纸箱，一个月六日元的工钱。我告诉他我不是小说家，给了三个柿子饼便打发他回去了。

旋涡

近日来连续都是小阳春天气。

我尤喜欢十二月。绚烂的秋季已过，该落的都已落光，该枯萎的都已枯尽，最后落得个干干净净。虽说有些寂寥，但其中又别有一番说不清道不明的风韵。告别秋季迎来冬季的这一段时间，大自然似乎一时遁入静坐之境，其幽玄之趣妙不可言。

邻居仙左卫门送给我信浓柿苗和山芋苗，我将它们分别种在了院子里和养鸡的栅栏旁。今年我们家的圣护院白萝卜收成甚好，见状，仙左卫门说想要种子，于是我便给了他两棵。刚想跟他再闲聊几句，便听他说附近又有“鲑鱼”出现了，于是火急火燎地赶了回去。而他说的“鲑鱼”指的就是有人上吊自杀了。

桥本家的阿敬带着他亲弟弟世良田过来了。他们来得正是时候，我正想问他要些罗马甜瓜以及花草的种子。据说他弟弟五岁的时候被送到四谷当了养子，十年前又去了美国，现居住在洛杉矶，在那里种了八千平方米甜萝卜以及四千平方米芹菜。这次是为了娶媳妇才回来的。

这个村里能到外国挣钱的人少之又少。而移居到朝鲜、北海道的人更是寥寥无几。我们搬来这里住的数年间，邻居中有人移居去了下聪的高原，其中事业有成的人倒是回来过一次。在村里，无论哪家哪户至少都有六七口人，但无论如何却不见有另起炉灶的迹象。怎么说呢？想想看，女孩子终归要出嫁，儿子的话要么去给人家当养子，要么就是去东京学个手艺最后开家店。总之，因为附近有东京这样一个大旋涡，只要踏出村子一步就马上会被吸过去。由此看来可以说是没有什么人适合移居或者出外赚钱的。像世良田君这样的例子则实属罕见。

有人去了东京，生活倒也自如。可每逢春分秋分、盂兰盆会，却很少有人回来扫墓。紧挨着我们家旁边的墓地，不少都已是无主坟地了。想想他们背井离乡在外打拼，无法回来扫墓似乎也是可以理解的。就像阿金家二儿子稻公总想着去外面闯荡一番，他母亲就整天叨咕着“家鸭驯知滩势急，相唤相呼不离湾”。俗话说儿行万里母担忧，母亲担心儿子也是情有可原的。

雪

新年将至。岁末的二十八日这天，午饭前便下起了小雨，淅淅沥沥地一直下到了晚上。

夜里两点左右，睡梦中忽然听到有声响，我便从床上一跃而起，穿上衣服下了床，定睛四下观瞧，并不见有人潜入，仔细辨听，原来是窗外传来的唰唰之声。

“下雪了！”

这时我才反应过来，原来刚才的声音是积雪滑落栎树的响动。于是我自嘲地笑着又入睡了。

六点起床，拉开窗户一看，一道白光映入眼帘，只见廊前已是白茫茫的一片，地面上的积雪已有五寸多厚，而且，雪还一阵紧似一阵，越下越大。

去年冬天比较暖和，几乎没下过像样的雪。自从我们搬到千岁村，像今天这般大雪也实属头一回。

我打开后书院的门，站在客厅里放眼望去，西南方向的景色尽收眼底，仿佛就是一幅田园雪色的风景画。院内那十几棵高低不一的松树，都被积雪压得弯下了腰，摇摇晃晃，似乎想要摆脱浑身的沉重；光秃秃的落叶木则毫无怨言地背负着沉重的积雪；一丛枯死的胡枝子完全变成了弓形，紧贴着地面。背向着我的石菩萨像顶上落满了积雪，仿佛戴着一顶白色的护士帽，双肩挂着白雪肩章，肃然而立。看着这一切，我不由得笑出了声。

我关上拉门走进房间。趁着余兴，在着手工作前写了两封信，一封给筑波山下的一位医生，另一封则是写给东京银座一家书店的老板。我一边写着信，一边浮想着他们那里雪景的模样。

写完信我便开始了自己的写作工作。拉门处的光线越来越晃眼，外面时不时传来积雪滑落时扑通、扑通的声响。我书桌旁边炉子上架着的黄铜茶壶冒着热气，也在咚咚作响。

鹤子来喊我吃饭，我便出了房间。来到外面一看，才发现外面虽然还飘着点点雪花，但周围的天空已是明晃晃的。栎树上不停有雪水滴落，堂屋前面草坪上的积雪已是斑斑驳驳。

“怎么才下这点儿啊！这简直就像是春雪一样啊。”

我嘴里嘟囔着在餐桌前坐下。只见黑漆的饭盘里放有三样白色的东西：用南天竹红色的果实做成眼睛的兔子，用沿阶草的绿色果实做成眼球的鹌鹑，还有一个小小的雪人。眼睛同样是用沿阶草的果实做成的，眉毛则使用的是草叶。这些都是妻子特意为鹤子所做的。

鹤子指着雪人说：“这个雪人是西洋人，你看它的眼睛是绿色的。”

因为下雪，今天的报纸还没有送到。早晨送奶的来过一趟，下午刚来了一个年近古稀的老爷爷送邮件。明天要帮忙舂年糕，邻居主人来拿糯米，顺便还给鹤子带来了两块刚蒸好的红薯。

我在里屋继续早晨的工作。由于天气寒冷，我便不断地往火炉里添炭。拉门处的光线已不似早晨那么晃眼，恰到好处。只听外面飒飒有声，还有轰轰的余响，似乎是起风了。刚过四点，妻子过来沏茶，鹤子也送来了炒栗子。

妻子说："这可是用雪水沏的茶啊。"

闻听此言，我便放下手里的笔先喝了一杯。妻子说用银瓶烧水沏茶也许会更好，但因为不舍，还用的是之前的那个铁瓶。即便如此，茶味依然十分柔和。我手里剥着栗子，一边打开拉窗向外眺望。一阵阵大风卷着白雪掠过水田对面的杉树林，斜刺里呼啸而来。只见满院都是如蛾如花般大大小小的雪片在舞动、回旋着。石菩萨像头上那顶雪帽原本已经开始消融了，一时间又慢慢高了起来。院中那棵红松枝头，时不时落下飞瀑般的积雪。

"看这样子，今晚还会下呢。"

说完，妻子便带着鹤子走开了。

伴着风雪之声，我又开始了工作。刚写了一页，文字已然变得模糊难辨了。于是我稍稍揩拭了一下笔尖，起身打开了拉门。

这是个白雪苍茫的黄昏。一眼望去，看不见过往的任何人影，也听不到丝毫的声响，一切都是那么的静寂，只有飞雪在扑簌簌地下个不停。如此伫立良久，突然发现走廊里闪过一个黑色的影子，定睛一看，原来是上个月跑到我家的流浪狗。那是条大耳朵的母狗，也不知道是从哪里来的，来到我家就再也赶不出门了。可我们家已经养了两只狗，一公一母。要再养这么一条母狗要麻烦许多。我专门找人把它丢到玉川对面，可第二天它竟然又跑了回来。无奈之下，于是我又带着它从荻洼坐火车到吉祥寺，将它拴在那里的树林里。谁知过了一周之后，它又跑了回来，脖子上还挂着绳子。邻村有一户人家有两个儿子，都颇喜爱狗，我便拜托他们收养，可在他们家里没拴多久，它又拖着长长的铁链跑了回来。实在别无他法，我便也就听之任之了。我吹了声口哨，只见它抬头看了看，然后就耷拉着尾巴往后面走去，地上留下了一串串小小的蹄印。

雪依旧下个不停。

我不由得回想起这一年发生的各种各样的事情：有关自己的、家庭的、村里的、国内甚至国外的，各种人，各种事，人心激昂、人世动荡，仿佛过电影般在我心头掠过。我不由得感叹这是个多事之秋。

平静的世界何处有？

我就这样站在雪中眺望着，良久良久。

大正元年岁暮二十九日，舞动盘旋着的这一片银白色的世界已是黄昏。

哑巴巳代吉

今天是元旦。

我七点起床，推开门一看，只见满地的寒霜如雪。我来到屋后的水井旁，脱光衣服，拿起吊桶从头浇到脚，如此三番。因为我生性懒惰，无法保证每天进行冷水浴，于是索性在这元旦之日一次性完成。

我回到屋里，打开了所有的门窗。接着便打开了鸡窝门。

随后，我来到田间，看到一株开着红花的野玫瑰，便剪下插在廊檐下的吊式花瓶里。顺便摘了一棵含苞待放的白菜花，插在竹制的花瓶里，装饰在六张草席大的餐厅。值得一提的是，那个竹制花瓶的内筒还是当时别人送给我作为旅顺留念的炮弹的信管壳。由于去年腊月出奇的暖和，因此也没有出霜，白菜也结出了花骨朵儿。

十点多钟，全家人便开始聚集到餐厅，每人一碗梅香茶、一个柿子饼，大家欢聚一堂，共迎新春。除了我们夫妻及养女之外，还有自去年腊月起便逗留于此来自秋田的小姑娘，以及天天在家里帮工的独眼女人。另外，还有一只猫、两只狗，外加十五只鸡。

十一点的时候，年糕汤也做好了。里面放了很多从东京采购的鱼糕，美味至极。仗着自己年长资历老，我连吃了三碗，还吃了三个年糕。

早晨起来的时候还是晴天，但不一会儿就转阴了，颇有些寒意。过了晌午太阳出来后又逐渐暖和起来。

今天我们家是一月一日，而周围别人家却还像是十二月一日，没有一丝新年的气氛。我也没有地方去恭祝新年，自然也无人前来拜访。

只有哑巴巳代吉闲来无事，晃晃悠悠地来我家玩了。巳代吉虽然不会说话，但他和别人打招呼时，还能发出些“啊啊”的声音。他的母亲因被强暴生下了他，他一出生便被遗弃了。他的养父愚蠢至极，养母也是个堕落的女人。而他的亲生父亲据说就是其养父的义弟，听说也是在这个村子的栎树林里被捡到的。巳代吉虽说是个哑巴，也不知道遗弃自己的父母是何许人也，但一看他的模样就觉得他是个心灵手巧的孩子，或许他更多地继承了祖父母的基因吧。据说他三岁前还能说会道，但自从有一天，他喊了声“妈妈，我想喝水”之后就突然变成哑巴了，似乎是被什么东西捆绑住了他的舌头。他还有一个同胞弟弟，眼睛也看不见，因此，也可能是被梅毒毒害的缘故吧。也许是上天对他父母的惩罚，总之巳代吉最后哑了。

有这样一个故事：“一天，耶稣的一个弟子去见耶稣时，看到了一个生来眼睛就看不见的盲者，于是他问耶稣：‘老师，此人生来就看不见，到底是谁的罪过呢？是他自己还是其父母呢？’耶稣答道：‘既非本人之罪过，亦非其父母之罪过，这一切都取决于神灵。’说罢，耶稣在地上吐了口唾沫，和土成泥，并将其涂抹在了盲者的眼部，让他前去西罗亚水池洗掉。盲人闻听此言，马上按照耶稣所言照做，果然重见光明。”

如果真的能有耶稣般的神力，相信巳代吉的哑巴也一定可以治愈。多年来亲眼目睹了每天发生在他身上的种种怪事谜题，我都为他感到悲愁，可感叹之余我却无法帮他解开这些谜题，让他能再次张口说话。我能做的只是在他“啊啊”地跟我打招呼的时候，同样回应他一句“啊啊”。

这是个无聊的元旦。

于是晚上便前去邀请邻居们来家里做客。结果发现大家都去看浪花曲表演了，无人在家。

窑洞老板娘

窑洞老板娘背着竹筐来卖山芋了。她要价一根三文钱，于是我买了六根，我和她讨价还价，要她十五钱卖给我，只见她一边用左手拿起酒盅贴在嘴边比画着，一边说："那我就喝不了这个喽。"

窑洞老板娘是个喜欢喝酒的人。

她不是本村人，住在附近的村子。由于他们夫妇二人曾借住在哥哥家的窑洞里，打那以后便有了"窑洞"之名。他们夫妇二人都好喝酒，还只用一个杯子，整日里形影不离，被誉为鸳鸯夫妻。他们原本出身农户，但却无田可耕。他们出售的无论是山芋、田螺还是泥鳅都是从别人那里淘来然后转手换点儿钱，用于吃饭、喝酒。听说他们还曾经剪过别人家的门松拿去出售。村里面有个不成文的规定，稍有家底的人如若是折了别人家一根柞树枝，都会被认为罪孽深重；而穷人或是外来者，即便是拿了别人一点儿东西大抵都不会被追究。因而这对鸳鸯夫妻便心安理得地过着属于他们的享乐生活。

下午终于下起了雨。耳边蛙声阵阵，似乎是要跟雨声比个高下。

到了夜里，大家都睡下了，我一个人坐在堂屋的台阶上读着二叶亭译的《浮草》。这间房子是我搬来这里的那年秋天，在原来房子的北面加盖的。地上铺了五张草席长的木板，才有了现在这一尺多宽的地方。由于无法形成一个坡度，于是屋顶便使用了瓦垄板的白铁皮，天花板也很低，踮起脚来就会碰到头。起初这里是当作厨房的，就在这形如船舱的狭窄空间里，我曾和来自四方的朋友们一起用餐。而如今，这里还汇聚着不少故人的回忆。

夜深了。我面对着摊在书桌上的《浮草》，不消看也不消思考，就这样静静地倚桌而坐。雨点啪嗒啪嗒地从头顶滴落，油灯嗞啦啦地烧着。

《浮草》的译者二叶亭死在了印度洋，作者屠格涅夫也很早就辞世了。但鲁迅、娜塔莉还活着，还有亚历山德拉、毕加索、帕德列夫斯基……

正所谓“人生苦短，艺术长存”。

一无所有者

新宿到八王子之间的电车线路开始施工了。随着大批土木工人的拥入，村子里连日来下了戒严令，一片人心惶惶。

说起天下无敌的强者，土木工人当算其中之一。他们个个都是顶天立地、无所畏惧的，犹如一无所有的猿人。正因为一无所有，他们也无从失去，既然无从失去也就无所畏惧了。在激烈的生存竞争之中，他们往往是进攻的一方，只需不断地攻而取之。所谓的防守是拥有者的事情，而防守者本身就已经先输了一步。

这个世上没有什么比一无所有者更强大的了。一无所有的人其实拥有了一切。对他们来说没有明天，也无所谓昨天，只有今天和那一个个的瞬间才是重要的。他们不畏惧神灵、王者，也从不沽名钓誉。他们没有可失去的财富，也未拥有可珍惜的家人，他们已然处于最底层。因而国家为何物？法律与他们有何相干？习惯又有何约束？对他们来说，只有胃的命令、肠的法律、皮肤的要求、舌头的指挥、生殖器的催促……除了这些生理需求之外没有什么可以束缚他们。他们具备强大的自然属性，宛如使得泰坦尼克号一触即沉的冰山。他们是用铁蹄践踏蹂躏华丽的罗马文明的北狄蛮人。一切的行为文明在他们面前如烟尘般荡然无存。

他们不断地挖土、运土、平土、装土，就好似工兵般的蚁群。农民虽然同为和泥土打交道的人，但却如同蚯蚓，而蚯蚓是惧怕蚂蚁的。

对于拥有者来说，没有什么比一无所有者更可怕的了。满是土木工人的村子尤为可怕。然而即使他们一无所有，但至少还拥有生命。而他们会珍惜生命，这正是他们的弱点所在。一无所有无比强大的他们，一旦拥有就有可能变得弱小。这个世界上还有一种人十分可怕，他们可以抛开一切，甚至牺牲生命。而且他们即便拥有了一切也不会满足，除非他们可以拥有整个宇宙，或者把自己献给宇宙；同时为了获得所有的一切他们又不惜倾尽已经拥有的一切，耶稣、佛陀者都是此类。

义仲寺

在三井寺享用过弁庆大力年糕后，我们便欣赏起湖上风光。这琵琶湖的风景真是美不可言。

“那是叡山，那是比良。能看到那边湖水稍突出的地方有一团青黑色的东西吧？那就是唐崎的松树。”

我起身用手指着远方的美景给妻子介绍着。

看了看表，已是两点多钟。我们远远地眺望了一会儿唐崎的松树，便离开三井寺，在码头上坐上了去往石山的小火轮。

就在八年前的这个时节，一个秋雨萧瑟、时下时停的日子里，我和现居朝鲜的义兄曾一起乘车去看过唐崎的松树。记得当时他一边笑着一边爬上松树，最后找到了两对四叶一头的松叶给我看。据他说为了祈愿夫妻和睦，大家都会来这里寻找。随后我们便驱车回到大津，又乘小火轮前往了石山。我们去了靠近湖边的一家饭馆，品尝了美味的鳇鱼和蚬贝。然后乘坐马车经义仲寺返回了旅馆。

就在我向妻子讲述着这些陈年往事的时候，我们乘坐的小火轮鸣着汽笛划过湖面，掠过就如同是耸立在湖水中的美丽的膳所城，然后与湖水一道穿过铁桥，接着穿过濑田长桥，最后抵达了石山码头。

我们将随身行李寄存在岸边的旅馆，便动身前往石山寺。伴着鞋履叩击山石的声音，我们一路上捡着石头、拾着红叶，不知不觉间便到了寺内。我们首先瞻仰了昏暗的大殿中的宝物。还参观了“源氏之屋”，其真假暂且不论，那里简直是个梦境一般的地方，让人神往。后来大家一起登上了观月堂。隔着河眺望那略微发红的光秃秃的鸡冠山，以及三上山上那宛如蜈蚣般的濑田桥。这座桥位于湖水蜿蜒汇聚成河的地方。若是在月色皎洁的夜晚这里又是怎样一番景象，想想便良久不愿离去。

秋日的太阳已经快要落山了。我们决定今晚住在宇治，于是下山后并未在岸边的旅馆停留休息，径直雇了两辆二人座的人力车。这种二人座的车已是稀罕之物，若不是到了京都一带，已经很难看到了。我妻子姐妹俩也是初次乘坐这种车。

姐妹俩坐的那辆车走在前面，我们三人的车紧随其后，路面平坦，车子就这样一直沿着濑田河岸驶往马场方向。夕阳西下，一朵青色的云彩飘浮在湖天交会处，湖畔的村庄升起了袅袅炊烟，乌鸦的啼叫声声入耳。

到粟津的时候，街道两旁的松树已经弥漫在一片青灰色的暮霭之中。

“这里就是木曾义仲当时战死的地方！”我扯着嗓子招呼走在前面的车。只见姐妹俩回过头，隐约能看到她们白皙的面庞。

车又走了一段路，来到了街道旁灯火通明的一个建筑门前停了下来。见车夫放下了车辕，我便问道："怎么了？"

车夫回答："这里就是义仲寺了。"

我顿时愣了一下。回想起八年前那个秋雨绵绵的日子，我也曾来过这里。那时的义仲寺坐落在古朴的小巷间，虽只是一座小小的草庵，却别有一番风韵。

我一边感叹着，一边伸手叩开门扉，费尽口舌师父才勉强让我们进去。寺内漆黑一片，于是让车夫拿来灯笼，夜色中我向大家介绍了木曾殿和芭蕉之墓。

外面传来火车的响声，以及喧嚣的吵嚷声。

萤火虫

刚听见田间传来男孩子们的呼喊声，不一会儿就从黑漆漆的门口闪进来几个小人影。只见几个孩子来到廊檐下，小小的拳头轻握着，指缝间闪烁着点点绿光。

这几个孩子都住在附近，前几天的一个夜晚，我刚给他们讲过《悲惨世界》，听罢后他们一个个都不禁为之触动。

“抓到萤火虫了吧？”我问道。

“嗯。”其中的一个孩子应道。

外廊边上有个树桩，上面放着一个生长着小芦草的椭圆形浅盘。

一个孩子说道：

“咱们让萤火虫爬到盘子上看看吧。”说罢便轻轻张开拳头，将萤火虫放在了浅盘上。紧跟着其他孩子也纷纷靠近浅盘松开了双手，萤火虫便纷纷散落在喷过水的美丽的小芦草的叶子上、茎间以及根部的小块岩石上，宛如一粒粒活生生的绿宝石、碧玉、孔雀石。仔细看去有二十余只，萤光映照在叶尖的露珠上以及水深一分的浅盘中，忽明忽暗，闪闪发亮，丝毫没有要飞走的迹象。

“好美啊！”

“真美啊！”

大家一脸喜悦同时又略带得意，纷纷赞不绝口。

“你们在这儿干什么呢？”只见又有两个男孩拖着木屐凑了过来。

“哇，真漂亮！把我们的也放在这里吧。”

说罢，两人一道把抓来的八九只萤火虫也放归到那刚形成的“萤火虫之岛”上。

我们夫妻二人以及住在城市暂时逗留于此的女儿，把油灯推到一边的角落，远远地望着那些萤火虫，还有那群凝望着萤火虫的可爱的孩子。这时田间吹来阵阵凉风，三十多只萤火虫忽明忽暗，仿佛风中闪烁着的一盏盏小小的绿灯。孩子们有的坐在廊下，有的蹲着，静静地守望着这一切。

看着眼前这如此清凉的画面，我不知不觉间回到了从前，眼前浮现出一间亮着灯的客厅里站着一个表情严肃、身材高大的西洋人的画面。他面前坐着十五六名学生，其中有一个十二岁上下的男孩，那便是我。当时我正在京都同志社上学。那天，传教士戴维斯老师邀请我和同学们去他家里做客，大家一边喝着茶，一边吃着点心。据说戴维斯先生曾在美国南北战争时任北军上校，身为军人的他身材挺拔，仪表堂堂。但总觉得在某些方面略显粗鲁，而且一严肃起来总是阴沉着脸，乍一看让人有些害怕。可在孩子们眼里，他是一个热情而且笑起来非常亲切的老师。他有一个习惯，总是爱摇头。每次受他邀请的学生都能吃到蜜橘和蛋糕，那晚也不例外。当时老师的小儿子穿着红方格花纹的礼服出来招待大家，可一不留神放了一个屁，引得大家哄堂大笑。他便哇的一声哭了起来，戴维斯老师左手抚摸着儿子的头，右手拿着金属沙浅儿烤着玉米，嘴里模仿着玉米粒裂开时扑哧扑哧的声音，一边笑一边摇着头。之后，老师还给我们讲了南北战争时的一段逸闻。那是一个晚上，但凡是闪着亮光的地方，都会遭到敌人的射击。因此，戴维斯老师想看一下手表却不敢擦亮火柴。正巧这时有一只萤火虫飞过，他便抓过来放在表上，这才看清了时间。

我那时也正是和眼前这帮孩子一般大小。从那以后，我就再也没有机会亲近戴维斯老师了。戴维斯老师的夫人那时看上去比他老许多，据说后来她精神也有些不大正常，在乘船回国的途中不幸溺水而亡。面对这些痛苦，戴维斯老师都咬牙忍了下来。即便是在传教士受到压制的时期，他仍从容不迫，自始至终留在同志社为日本人民效劳，直到前几年才回到美国。临别时他留下一句话："我的一生就是我的遗言。"

每次看到萤火虫，我都会想起戴维斯先生，今晚也不例外。

宇治的清晨

到达宇治已是晚上九点钟。我随即前往万碧楼的菊屋投宿，被安排到一个靠河边的房间。房间里挂着一块中井樱洲山人题写的匾额，上书着：“近水楼台先得月”。

这家旅店与我着实有些缘分。明治初年，我的伯父曾借宿于此。他是个十足的美食家，当时就为了吃一顿烤鳗鱼，不惜花光了钱包里所有的钱，最后连乘坐淀川“三十石”的钱都没剩下，无奈之下只好用布手巾包着头，顺着河堤一直走回了大阪。由于继承了伯父的血统，我在这家旅店的“表现”也丝毫不逊于他。

那是八年前秋天里的一天，我投宿在万碧楼。由于当时正是经济不景气，生意难做的时节，因而我这个客人便受到了非同一般的礼遇。使用的卧具是紫绉绸做就，吃的美食也丝毫不输给伯父那次的。然而，酒足饭饱后一看钱包我便傻了眼。于是第二天早晨我跟旅馆的人打了声招呼说出去转转，便坐火车回了京都。因为其他的一些事由,当天没能返回，虽想到了拍电报或是写信，可又觉得麻烦，便没有联络。等到第二天我回到万碧楼时，旅店上上下下就如同看到一个吃白食的人，即便我多给了些小费，我房间里原本的紫色绉绸铺盖也早已不知了去向，取而代之的是一床旧棉被。时至今日，想必老板已记不得那时的事情了，只有我自己回想往事，不由得暗自发笑。

我住的屋子没有挡雨窗，有一扇镶着玻璃的拉门。拉上拉门后，两盏烛台上虽然插着大大的百目烛，但却不怎么亮。白色的拉门外便是湍急的河水，哗哗的流水声带给人阵阵的寒意。打开拉门，只见月亮倒映在宇治的急流之上，银光闪闪。还能听到白鸻唧唧的鸣叫声。

清晨起床洗过脸，我便套上了旅馆的棉袍。大家也都是一副旅游的装束，我们茶也顾不得喝便出门观光了。宇治桥上寒霜如雪。大家穿着木屐呱嗒呱嗒地走过，留下一排排脚印。我以导游的口吻讲道："古时太阁殿下曾来此打水沏茶。"大家便倚在突出的栏杆之间四下张望。只见河面上雾气袅袅，宛如万箭射出。古就有之的柴舟从桥下穿过，向伏见方向驶去。抬眼望去，只见朝日山顶升起了一轮红日。过了桥之后，有一家通圆茶馆，看似刚刚开张。我们一行从这家茶馆往东，朝兴圣寺走去。突然一道明亮的黄色映入眼帘，走近一看原来是一家小店里的柚子堆积如山。那柚子也不知是何品种，竟有朱栾那么大。虽说是旅途之中，但我又不忍错过这千载难逢的好机会，于是花了二钱五厘买来五个，拜托他们送到万碧楼。

兴圣寺的石门朝南，正好与宇治的急流相对。顺着劈开岩石的名为"琴阪"的坡道上行，只见黄红相映的槭树从左右两边的悬崖上伸出枝干，一路走来，头顶脚底到处都是似锦的枫叶。继续前行一百多米，穿过了一扇中式的小门。站在这里回望来时的道路，只见宇治川的流水似乎被镶嵌在画框般的洞门里。岿然而立的梵山盘腿而坐，看着那河水奔腾着穿过洞门，恰似佛祖在俯视着下界生生不息的芸芸众生一般，让人不由得为这所寺院取址之精妙而慨叹。

穿过园丁精心修剪的小院，我们一行来到了僧房。见屋内空无一人，我便敲了三两下屋里挂着的陈旧的木鱼。过了一会儿仍无人应声，我便索性又使劲儿敲了四五下，大概是过于用力，巨大的声响一下子传到了里面，一个小和尚走了出来。寺内也没有什么宝贝可看，我便买了几张明信片留作纪念。

顺着坡道一路往下走，很快便来到山脚下，让人有一种从天而降的错觉。出了石门，只见河边停泊着几艘小船，有的船上还插着小旗。船夫热情地表示：

“怎么样？要不要坐船过去看看？”

“那就过去看看吧！”

我们便一起上了船。

远望河的上游，河水冲出狮子飞、米漉等几处狭窄的山隘，到了这里才算流到了没有什么阻碍的开阔地带，其势头犹如离弦之箭，滔滔而下，不可阻挡。河流两岸的山上，枫林尽染，红黄相间，笼罩在一片晨霭之中。山间河水似五彩锦缎，一旦从山阴流出，来到撒满晨光的地界，便像刚刚睡醒似的闪烁着耀眼的光芒。水流湍急处传来哗啦哗啦的巨大水声，响彻整个河面。

“真美啊！”我不由得发出赞叹。

船夫用力地摇着橹，发出吱呀吱呀的声响，小船划出了一道弧线渡过了宇治川。

“这河水真美啊!”妻子不由得伸出双手从船边掬起一捧河水，鹤子也学着妈妈的样子。

平等院靠近河岸处有个细长条的岛，据说名为“浮岛”。透过那遍布全岛的枯萎了的芦草，能望到十三层高的石轮塔。

“之前似乎从未见过那座塔啊。”我随口问道。

“那是最近才挖出来的，据说是座宝塔。”船夫解释说。

这里水流湍急，河面宽度不足百米，感叹之间船便已经抵达平等院的上游的岸边。

付过船费后我们上了岸，一路捡着红叶，走过三四家茶馆，便进了平等院。

月见草

搬来村里住的那一年，我在玉川的河滩上挖了一株月见草，随便地种在了院子里。其长势迅猛，如今已繁殖到了十余株。每到黄昏，至少能绽放七八十朵花，乍一看还以为是月亮掉落在了庭院里。

月见草是那种不喜欢见人的花。特别是白天，前一天晚上盛开的花朵已然凋零变红，耷拉着脑袋有气无力地依偎在花枝上的样子，着实不堪入目。但是一到傍晚，夕阳西下，夜幕降临，它便绽放出金黄色的花朵，宛如女尼般温文尔雅，散发着清新无比的香气，十分适合夏天的夜晚。仅是那一朵朵的花瓣瞬间开放的声音也耐人寻味。要是在黄昏里独自漫步赶赴心灵约会的同时，不经意间邂逅这样一种不顾一切默默开放的花儿，又怎能不为之怦然心动？不仅如此，它还有一颗悲天悯人的心。

有一个八九岁羸弱的男孩，家住在郊外。他每天都要沿着河边的沙地，去四公里之外的学校上学。中途有一处必经之地，在那里，路的一边是旧时的死刑场，另一边则是墓地。死刑场放置着废弃了的黑漆漆的绞刑架，还有一间破败不堪的小屋，里面住着乞丐，夜幕降临时便会透出星星点点的灯火。另一边的墓地里，排列着一座座新坟旧墓，坟场的沙地上从初夏时节起便开满了月见草。每逢白天路过此处，男孩总是看到前一天晚上凋谢的变成红色的落花残骸。放学晚的时候，他会觉得石塔和坟头后面，那一朵朵金黄色的花在伸出脑袋窥视着自己。在小男孩的眼里，月见草就是死亡之花。

小男孩侄儿的坟墓就在这片墓地里。虽说是侄儿，但其实他们两人也就相差一岁而已。五六岁的时候，两人常常一起玩耍。有一次，做叔叔的扔给侄儿一支笔杆，让他学着狗的样子咬在嘴里摇头。顺从的侄子便按照指示，有模有样地摇了两三下。叔叔乐在其中让侄儿再摇，而侄儿已没了兴致，头摇得似拨浪鼓。叔叔心生怨气，狠狠地瞪着侄儿，一使劲儿将笔杆戳在了侄儿的脸上。只听“哇”的一声侄儿号啕大哭起来。后来侄儿因患腹膜炎，第二年元旦时在医院病逝了。噩耗传来时，大家正在欢饮着屠苏酒。作为叔叔他不由得满心悲伤。也就在那时，他第一次尝到了悔恨、自责的滋味。

墓地的一头朝向大河，另一头则连接着这条大河的一条支流。侄儿就埋在靠近那条支流的地方。此事过去两三年后，做叔叔的他便背起书包成为一名小学生。夏天烈日当头的一天，他和两三个同学去河里游泳。他满脸骄傲地告诉朋友自己的侄儿就葬在附近，于是拉着同学来到侄儿小小的坟前，几个人光着屁股轮流在墓碑跪拜，还将折来的虽已凋谢的月见草插在坟前的沙地上。

事到如今，每逢看到月见草，幼时的种种回忆便如梦境般浮现在他的脑海。

阵雨浴

近几天来，西边的地平线上那甲相武信边界的群山上空频现乌云，乌云中啪啪地电光闪烁，时不时还传来如击鼓般沉闷的阵阵雷鸣。据说是要下雷阵雨了，可如此这般已经过了两三天了，依旧滴雨未见。

一般立夏前十八天的时候，我们家都还算凉爽，可现如今已飙升到前所未有的华氏九十一度了。今天是立夏前第十七天，从早上开始天气就阴沉沉的，风也突然停了，气温虽没有昨天那么高，但仍然热得人浑身冒汗。

吃过午饭我已经是大汗淋漓了。院中水缸里晒着的水已经滚烫滚烫，我于是用它洗了个澡，之后躺在藤床上惬意地翻看着报纸，看着看着便睡着了。美美地睡了一觉醒来，发现屋内光线昏暗，看了看表，时钟刚过两点，我来到走廊上一看，南边的天还明晃晃的，午后的太阳正毒辣辣地烤晒着大地，而西边的天际却黑沉沉的一片。

视野不好的时候，只能看到附近村子那两棵松树的对面，八王子的高尾小仏。倘若好的时候，就能清晰地看到甲州东部连绵的山峦。只见那一带已变成黄色，仿佛延展开来的淡黄色的帷幕。再往上看便是吓人的深黑色的一团。一旦西北边的天空变得黑沉沉，而甲州天空的底层被染成黄红色时，必然会出现一些异常天气。记得那是明治四十一年的春末，曾下过一场成人拳头般大小的冰雹，当时的天气就是如今这番景象。我一边思量着一边站在廊下看着天空。虽是炎炎的烈日当空，但西风吹来，却让人感到阵阵的寒凉。东京位于我家东面，南边是横滨。暴雨一般会来自西边或北边，在从山里逼近城市的途中，穿过我现在居住的村子。而西北方向则很少有阵雨来袭。

先看着西边的天空阴沉下来，雷声隆隆。看样子多摩川一带已经开始下雨了。我赶忙走下回廊，将晒在院子里的工作服及布袜等一一收进房里。回到房里，我打开了北面的窗户，迎面便是一阵冷风。北边的天空也已变成了暗沉沉的深灰色。只见帮工的女佣正在手忙脚乱地收拾着晾晒的麦子和麦秆。

我随手关上北边的玻璃窗，站在房间的南廊下驻足望去，只见大滴的雨点骤然落下，打在干燥得似黄豆面般的土地上，骨碌碌地翻滚着。

“暴雨来了！就要来了！”

我这个四十五岁、胡子拉碴的中年男人，此时此刻就像个孩子抑或是小狗般充满期待地望着窗外，期待着大雨的降临。只见大小不一的雨点轮番地击打着地面，宛如满地翻着筋斗的丸子。在那白色的雨雾随着风向的改变斜斜地倾盆而下之前，二本松一带原有的一抹光亮也被淹没在了一片黑暗当中。

有件事，是我羡慕不已的。当海军的军舰穿过热带时，时常能在甲板上看到这样一幕，那就是全舰的将官一起进行阵雨浴。“全体人员，准备沐浴！”只听一声令下，大家便快速地脱掉制服，双手抓起肥皂、毛巾，快速地在甲板上排成一排，那场景十分有趣。不一会儿，只见雷电交加，雨水如瀑布般狂泻而下。于是所有人就像鸭子一般叽叽嘎嘎地笑着喧闹着，火速涂肥皂、冲洗。仿佛汪洋大海上开设了一个硕大的免费浴场。阵雨常常也会故意捉弄人似的哗然而过，倘若磨磨蹭蹭，就只能落得个浑身泡沫的下场。虽说四周都是水，但对于这些海洋之子来说，一桶淡水却十分得之不易，如此说来蒸馏水的雨水浴想必十分奢侈。而这世上最为豪爽的当数甲板阵雨浴了。

然而不幸的是，我身居陆地而非海上，况且这里地处温带而非热带，要想效仿痛快淋漓的甲板阵雨浴几乎是不可能的。但要是自己独创的阵雨浴倒是可以实现。我正思量着实践一下的当儿，妻子和女儿走了过来。我迅速脱去和服，赤条条地跑了出去，呆呆地站在草坪中间。

雨滴啪嗒一声滴在我的肩头，顿时我感觉一股冰凉渗透到了天庭。紧接着又是一滴，雨就这样啪嗒啪嗒地下了起来。即刻我的肩膀、腹部、背部逐一冰凉通透。真舒服啊！可惜这只是阵雨的前锋来袭，却总不见下大。

“把这个顶着吧。”

只见妻子拿来一个大玻璃盆。原来妻子是考虑到玻璃绝缘，为了避雷这才拿给我的。我接过盆子立刻扣在了头上。我这个戴着黑框眼镜、体毛厚重的男人就这样一丝不挂地顶着个玻璃盆，一动不动地站在那里，顿时一个新式河童的形象便跃然眼前。我的脑海中突然闪现出一个念头，于是便把盆口朝上，双手托盆而立。嘴里还数着一滴、两滴……积到三十滴，我便端着盆子，将雨水一饮而尽。好温润的雨水啊。如此这般，我用这硕大的“杯子”畅饮了三次。

“好了，赶紧上来吧。”

就在妻儿劝说我回屋的时候，阵雨大军蜂拥而来，四周瞬间变成了银光闪闪的黑夜，电闪雷鸣。哗啦啦袭来的暴雨噼里啪啦地打在我的每一寸肌肤上，我不禁倒吸了一口凉气。阵雨浴到此为止！我用瀑布般四处飞溅的下水管里的水匆匆地冲了一下脚，浑身哆嗦地跳上了走廊。

说时迟那时快，倾盆大雨从天而降。雨水落到院子里的水缸中到处乱溅，像无数鱼儿上蹿下跳，不一会儿便连这个也看不见了。

“哎呀，你看廊檐那儿！”

听到妻子大声的呼喊，我顺势看去，只见西南方向突然吹来一阵强风，廊檐瞬间变成了一条飞流直下的银河。妻子和女佣急忙拉出书斋的防雨拉门。我也赶忙关上拉门和廊下的玻璃窗，又四处巡视了一下。除去哗哗的雨声、风声，一切声音似乎突然都销声匿迹了。忽然，玻璃窗那里“当啷”一声，接着又是“当啷”一声，原来是冰雹。这时我还没穿上衣服，就又一丝不挂地跳进雨里，捡来七八个发白的冰雹。冰雹的个儿不是很大，差不多有小手指尖般大小，有透明的，不透明的，还有半透明的。我自己吃了两个，冰凉冰凉的，瘆得牙疼，便把剩下的给了妻子。

客厅的廊檐已经下成了河。堂屋的榻榻米也被雨淋得湿乎乎的。妻子跑来跑去，希望把这水汽尽量地带到屋里。

“这场阵雨下得好！下吧！使劲儿地下吧！”

正叫着好，西边天空却仿佛黎明到来之前般逐渐亮了起来。

雨愈来愈小，濛濛细雨宛如根根银丝般闪闪发光。我踏出一只脚到廊下，放眼望去，东南边的天空黑压压的一片，仿佛千军万马乱作一团，看来阵雨的前锋已经到了东京。

不知何时雨骤然而停，金光闪闪的太阳又挂在了当空。眼看着地上的水慢慢停止了流动。西边吹来一阵轻风，院中的松树抖落了挂在枝干上的水珠。不知何处传来了阵阵悦耳的蝉鸣。

我看了看表，两点三十分。这场阵雨恰好下了三十分钟。

我穿上和服，趿拉着木屐向田里走去。一场阵雨过后，原先干燥不堪的水田里泥土湿润。玉米、波斯菊的叶子上到处都溅满了泥，低垂着身子。放眼放去，随处可见惹人怜爱的绿色迎风飘动。

我一边吟诵着“虹收仍白雨，云动忽青山”，一边眺望着西边的天空。高尾、小仏，还有甲斐的群山在雨水的沐浴下，到处都闪耀着浓淡相间的鲜亮绿色。富士山也仿佛披上了白竖条纹相间的青浴衣，一片清新景象。

只见邻居主人背着女儿在田间转悠。

“真是场好雨啊！”

我们两个人隔着绿植院墙互相打了声招呼。

回到家里后，我翻开《圣经》，不禁放声朗读起第六十五篇来。

你眷顾地，落下透雨，
使地大得肥美。神的河满了水；
你这样浇灌了地，
好为人预备五谷。
你浇透地的犁沟，润平犁脊，
降甘霖使地软和；
其中发长的，蒙你赐福。
你以恩典为年岁的冠冕，
你的路径都滴下脂油，
滴在旷野的草场上。
小山以欢乐束腰，
草场以羊群为衣，
谷中也长满了五谷。
这一切都欢呼歌唱。

中秋

十八日清晨，我从札幌出发前往旭川。

眼前的石狩平原上，水田已经泛黄。回想起九月中旬那收获小麦的季节，顿时间我又有回到了北海道的感觉。

十点，火车驶出隧道，在一个叫作神居古潭的车站停下来。这个车站位于高崖之上，可俯瞰下面的河流。我突发奇想，便拿起行李急匆匆地下了火车。

车站正在重建，碎石满地。我出了车站便在茶馆雇人帮忙背着鹤子以及行李，一起沿着陡坡走向河边。暗绿色的石狩川河水滚滚，河上横架着一座长约四十米的钢丝吊桥，十分险峻。桥头立着一个牌子，上面写着：五人以上不可同时过桥。

我提心吊胆地踏上桥板，瞬间便脚底失根，每走一步都能感到桥在上下左右地摇晃。飞騨以及四国的祖谷山里那些藤蔓桥，踏上去大概也是同样的感觉吧？桥的两边虽然设有钢丝扶手，但我却全然没有胆量去抓它，于是看也不看下边的河水，一鼓作气冲了过去。就在我们过桥后稍作休息的时候，只见一个年轻女子身背着装炭的草包从山上下来，她瞟了我们一眼，身轻如燕地走过了吊桥。

沿着山下河边的路走了四五百米，来到一幢木板屋顶的房前。房子略显脏乱，房顶上细细的烟囱里冒着袅袅白烟。这里就是神居古潭的矿泉旅馆。店员临时把我们安顿在了二楼后室一个简陋的房间。过了一会儿，下围棋的旭川的客人们离开后，我们便搬进了二楼前厅的房间，泡了一个散发着硫黄味的矿泉澡后，就在二楼的房间里休息。我隔壁的房间住着前来游玩的学生模样的客人，其中有三个男学生戴着草帽，还有两个女学生披着头发。不过，没多大工夫他们就又乘坐下一趟火车回去了。周围一片寂静，耳边只闻听石狩川的河水哗哗作响，还有那河对面山腰间的车站传来的敲击石头的声音。偶尔有一阵轰隆隆的回声，那是火车从对面的山中穿过。随后又是满山的静寂。面对着石狩川，我们用了午饭，吃了河鱼、竹笋罐头以及鸡蛋汤。

吃过午饭后我们便动身去了神居古潭。据说石狩川上游方向有一处这一带有名的风景名胜，叫夫妇岩。但我们没有去那个地方，而是朝着吊桥方向走去。吊桥的上游处有五六棵大楢树，树冠巨大，长长地覆盖在河面上。树荫下搭建着一个小木屋，有三个工人正在采伐车站重建所需的木材。吊桥下游有一块巨大的青石，从桥旁斜着向河面伸出有四五十米，形成了一个巍峨的岬角。我独自一人爬上尖尖的岬角，拨开荆棘，来到岬角的顶端。岩石间到处都是积水，早已泛红的蔓草缠绕在岩石上。站在岬角上放眼望去，河对面的山有三四百尺，高耸入云，宛如屹立在水边的屏障。半山腰稍微凹陷的地方便是新开辟出的车站。

水边的悬崖峭壁上密密麻麻地排列着桅杆般的支柱，支撑着上面的车站。车站左右两边都是隧道。火车仿佛蜈蚣般钻出隧道，在车站稍事休息后又朝着对面黑漆漆的隧道口缓缓而去，仿佛一点点地被吸了进去。

时值初秋，对面山上并无什么枫林尽染般值得一看的景致，我又把视线转向河面。只见上游处还泛着白浪急流奔走的石狩川，到了这一带便呈现青黑色，打着小小的旋涡静静地流经吊桥。其中一部分河水被桥边突出的岩石阻挡，形成一个水潭。其余的河水便随波逐流，擦过我所站立的岬角，又撞到对岸青黑的岩石陡壁，随后奔腾而去。据说去年涨水时，石狩川的河水曾一度漫过山崖的马路流到了矿泉旅馆。不难想象，当时二丈多深的洪水怒吼着冲过如此狭窄的山峡时那骇人的景象。现在的水势虽不及当时，但仅看那湍急的水流也令人心中生畏。桥下水深平时也有四十米，听说之前还有长约四米的海鲨出没于此。看来自然之子阿伊努族人给其取名“神居古潭”也是极为贴切的。

晚饭之后，我关上门点上了油灯。耳边传来河水的轰鸣声，那声音仿佛深深地流入地底一般，不觉间让人陡生凄凉之情。今夜正值中秋十五，有心的旅馆老板送来了一碗胡枝子米糕。我稍稍拉开窗户，放眼望去，月亮不巧被云遮住，一片朦胧之中，唯有石狩川流过谷底的哗哗水声。仔细想来，在北海道度过这样一个中秋，也会成为我日后的美好回忆吧。

紫云英

午后散步，我们一家人去了八幡山、北泽之间的原野，此时正值紫云英盛开的季节。

环顾四周，西边是郁郁葱葱的杉山，东边是生长茂盛的杂木山，整个田地都被一片青绿团团包围；北边能远远地看到甲州街道，因为距离遥远，就仿佛是在欣赏一幅寸马豆人式的人生图画，却也给周围的景色平添了几分静寂。

我们夫妻二人带着女儿，一家三口一同坐在长满结缕草的田垄上，拿出自带的苹果啃了起来。背后是那略感温热的田间小河的涓涓流水，面前的田垄间紫云英争相怒放，像是铺了层花地毯似的。暮春五月的午后阳光暖暖地照着大地，一阵轻柔的西风拂来，顿时掀起一望无际的桃红色涟漪，还有两只白色的蝴蝶在空中翩翩起舞。一同跟来的两条狗也欢蹦乱跳，一会儿去追逐青蛙，一会儿又伸着鼻子嗅来嗅去，还饶有兴趣地在浓密的花海跑来跑去，给粉红色的花海中增添了一道道绿色。定睛一看，在这鲜活的红色之中还夹杂着些白色的紫云英，这里一株那里一株，虽然显得有些孤单，却十分引人注目。

我慢慢站起身来，想要挖些白色的紫云英种在自家院中。而女儿鹤子穿着白色的围兜，正在忙着四处采摘漂亮的花瓣，小手里拿不下了就先交给妈妈，随后又跑去摘。

我撩起温温的河水洗了洗手，又坐回到田垄上，远远地看着女儿在起劲儿地摘花。暮春的阳光暖融融地照在身上，满眼都是紫云英那暖暖的颜色，眼前这一切突然间将我带回了三十多年前。

那是明治十年，我还是个十岁的小男孩。当时我的家乡正好是西乡战争的中心所在。我的父亲护送祖父去远处避难，哥哥寄宿在京都的英语学校，而我作为家里唯一的男人，则和母亲、姐姐一同去了距熊本东南十六公里远的山里伯父家避难。转眼间到了四月末，野樱花已经凋谢，竹笋也长了出来。听说熊本城的包围已解，于是一家人便赶忙步行踏上了归途。

从伯父家出来，沿河而下四公里处就是木山町，再走八公里便到了沼山津村，我们当晚打算在沼山津过夜。走到木山时，就出了山，我们沿着河水南边的河堤顺水而行。河面上则铺满了一层暗红色的水锈，这里寄居着很多藻类和鲫鱼。河堤南面则是一大片田地，到处都盛开着紫云英，就像是一条花地毯。途中碰到一位骑着马的军官，母亲将遮阳伞侧向一边向他点头致意，顺便问道：

“请问，不知道现在可以回熊本了吗？”

“可以了，可以了，让你们大家可都受苦了！”

军官坐在马背上应道。

说话的地方还有一处用沙土袋堆砌而成的堡垒，据说在木山司令部撤离之前，西乡军曾驻扎此地防御来犯的官军。现如今还有拿着刺刀的士兵在放哨。打了招呼后大家一同穿越堡垒时，突然发现有条蛇在地上蠕动。我向来都是极厌恶蛇的，于是戛然止步，吓得脸色煞白。站岗的士兵见状，笑了笑便拿起刺刀把蛇挑起来扔到了河堤之外。

顺利地过了这个关口，我们母子三人继续前行。春日和煦，河水潺潺，河堤外紫云英争相怒放，云雀在空中展翅飞翔，田地里蛙声一片。抬眼望去，当晚要投宿的沼山津村就在对面四公里处隐约可见。

“爸爸，看我摘了这么多！”

女儿的喊声一下子把我从回忆中拉了回来，只见女儿满手捧着鲜花站在自己面前，连那白色的围兜似乎都要被染红了。